他們這樣說

——跟阿濃學名言慧語

阿濃 著

他們這樣説——跟阿濃學名言慧語
作者／阿濃
責任編輯／卓希雪
美術設計／陳詩韻
插圖／Wong Ho Yee黃皓怡
出版發行／突破出版社
香港沙田亞公角山路33號突破青年村
電話：2632 0000　傳真：2632 0388
電郵：breakthrough@breakthrough.org.hk
網址：http://www.breakthrough.org.hk
http://www.btproduct.com
承印／海洋印務
2025年7月初版1刷

Chinese Wise Proverbs and Quotes
by A Nong
First Printing, First Edition, July 2025

Printed in Hong Kong
ISBN 978-988-8846-24-5

誠邀閣下就突破出版社的書籍發表意見
歡迎加入突破出版社 Facebook page — http://www.facebook.com/btbooks.page
本書採用環保油墨印刷

人文價值

或坐在巨人的肩膀上，

或呷一口書香，

讓我們的生活漸次提升，

讓眼界更遼闊。

目 錄

一 名人軼事

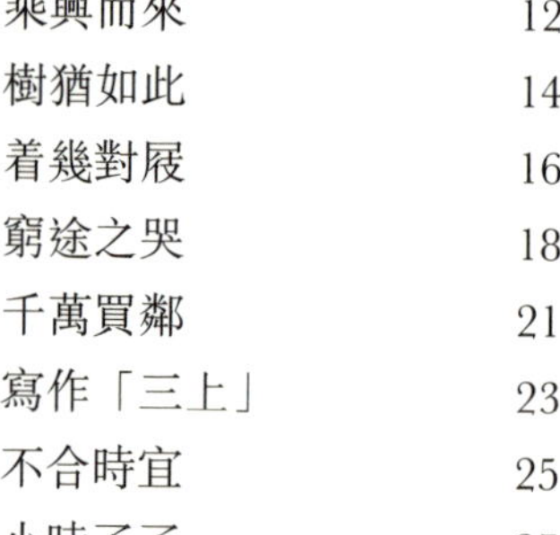

二 金石良言

三 諸子百家

四 歷史人物

五 現代人物

六 閒愁幾許

七 此中有故事

序 說話從來很重要

大教育家孔子，開了四科：德行、言語、政事、文學。

其實言語之外的三科都跟言語有關。德行要靠言語宣講，政事離不開外交和說客，文學更是語言的藝術。

儒家學說影響深遠，經典的《論語》和《孟子》，就是孔子和孟子的說話。

他們所說的，我們至今還在用，不過許多人不知道自己在學舌。

朋友自遠方來，你們擁抱，你說：「有朋自遠方來，不亦樂乎！」(《論語》)

老師搬家你幫手，老師謝你，你說：「有事，弟子服其勞。」(《論語》)

政客發表競選宣言，承諾多多，你說：「聽其言還要觀其行。」(《論語》)

兩份好工等着他，他說：「魚與熊掌不可兼得，怎辦？」(《孟子》)

他拒絕為一班年輕人教寫作，他說：「人之患在好為人師。」(《孟子》)

我們從歷史、經典、傳記、文學（小說、詩歌、戲劇、散文）中都會讀到前人說過的話，它們有的成為典故、成語，被應用在之後的各種創作和日常生活中。

從這些說話中我們可以學到史實、智慧、修養、技巧……更重要的是他們不少已成為文化程度的象徵，甚至是知識圈的常識。

如今我們最重要的生活工具是手機，它最重要的功能是對話；AI 科技的發展能代替我們做許多事，甚至比我們做得更快更好，但它不能代替我們親身去演說、辯論、傳道、示愛、示警、談心、安慰、搞笑、哭訴……有心靈、表情、聲線、肢體語言的互動和交流。

在海量的語言之海中，本書收錄經過細心挑選，是常識中的常識，有助於你在任何場合都能說得更好。

名人軼事

乘興而來

《世說新語》上的故事

王子猷，即王徽之，書法家，書聖王羲之的第五個兒子。隱居山陰（今浙江紹興）。一個大雪的晚上，忽然想起老朋友戴安道，想去探訪他。

這個戴安道是個藝術家，擅長繪畫、雕塑、鼓瑟，隱居剡縣（今浙江嵊州），朝廷多次徵召都推辭。武陵王司馬晞聽說他擅長鼓瑟，派人召他到太宰府奏一曲。使者到達他家時，他對這陌生人表現熱情，到他知道來意後，當着客人面把瑟砸了，說「戴安道不為王門伶人。」

剡縣離山陰不近，王子猷想到就做，他僱了一艘小船夤夜出發。經過一夜的努力終於到了。他卻吩咐回航。

人家問：「既然來了，為什麼又回去？」

他說：「吾本乘興而行，興盡而返，何必見戴！」

這位王先生莫名其妙的行為成為率性而為的佳話。人生更多的是「乘興而來，敗興而回」，那是因為對所選擇的有錯誤的美好估計，到真正面對時大失所望而撤退。有人相戀不久便結婚，結婚之後離婚更快。有人對某個政黨或宗教有了信仰，滿懷熱情地投入了，參與了，之後才發覺內裏的虛假和黑暗，於是痛苦地離開了。其實是體現了「回頭是岸」的智慧。

樹猶如此

《世説新語》上的故事

東晉大司馬桓溫北征，經過金城，這地方屬琅邪，他曾經在這裏做過官。他見到當年種的一批柳樹，都已經有十圍粗細（約 1 米多）。不禁慨歎説：「木猶如此，人何以堪！」意思説，樹的變化也這麼大，人怎經得起歲月的消磨呢？他竟攀枝執條，傷感地流下眼淚。

曹雪芹在《紅樓夢》中寫黛玉葬花，她也是睹物傷情，吟出《葬花詞》，感動了寶玉和後世許多讀者：

爾今死去儂收葬，未卜儂身何日喪？
儂今葬花人笑癡，他年葬儂知是誰？
試看春殘花漸落，便是紅顏老死時。
一朝春盡紅顏老，花落人亡兩不知！

在我們的日常生活中，這樣的感歎更是常見。

朋友帶女兒來參加聚會，阿姨們說：「當年見她還抱在手裏，如今長得比媽媽還要高，我們怎能不老！」

校友聚會，每次參加者都比上次少。

「如今異地的朋友已經不知道是在還是不在。」

「以前一年一度收發聖誕卡，說明人還在。如今很少人寄卡了，真是存亡未卜。」

「現在讀杜甫詩『訪舊半為鬼，驚呼熱中腸』特別有感觸。」

「打探老朋友近況，不是中風便是腦退化，使人悲哀。」

「打電話給老同學，他耳聾，吼叫了幾分鐘他仍然不知你是誰，只好放棄。」

這些「人」的變化，比起「樹」來，那感慨是更動心傷情了。

着幾對屐

《世說新語・雅量》篇的故事

當時士林風氣，以沖淡閒適為高。

有兩位知名人士各有癖好，祖約好財，收集的是金銀珠寶；阮孚喜歡木屐，不但購置，還自己製作。

這兩種喜好，去到迷的程度，看來都是人生一累，對他們是得還是失呢？

於是有人突擊探訪祖約，見他正在料理、點算財物，見有人來訪，趕忙收拾掩藏，還剩兩小簏，屏當不及，有點狼狽。

這人又突擊探訪阮孚，見他正在吹火為屐上蠟。見客人來，繼續他的工作，神色閒暢的說：「不知人的一生能着幾對好屐？」

於是這人覺得勝負已定。

晚明時期著名散文家張岱在其《陶庵夢憶》一書中嘗言:「人無癖,不可與交,以其無深情也。」

看了上面的例子,會想到不只要有癖,還要看你有什麼癖。

《聊齋誌異》上有三篇雅癖故事,《石清虛》記石癖,《黃英》記菊癖,《書癡》記書癖,三個故事中的物都與人有深情交往。

現代人前菲律賓總統夫人伊美黛被傳擁有3000對鞋,許多富有太太是包包迷,對名牌包包如數家珍,閒閒一個港幣兩萬。

比起《聊齋》上的癡,她們喜新忘舊,擁有的一大目的在比較和誇耀,虛榮多於愛護。當熱潮過了就打入冷宮,不屑一顧,甚至以佩戴為恥。這種心態比起阮孚自製木屐的快樂更是兩個境界了。

窮途之哭

三國魏詩人阮籍，少有大志，苦於政治環境，無法實現抱負。只能飲酒佯狂，成為「竹林七賢」之一。他常獨自駕車，專揀不是路徑的荒道走，最後去到無法前行的盡頭，在那裏大聲慟哭一番回家。成語稱之為「窮途之哭」。

唐 王勃《滕王閣序》:「孟嘗高潔，空餘報國之情；阮籍猖狂，豈效窮途之哭？」

面對沒有出路，觸發起理想道路的破滅，不由得悲從中來。

戰國時期的思想家楊朱，一天晚上，鄰家走失了一隻羊，率領家人去找尋，還請楊家的書僮幫着找。

楊朱:「才走失一隻羊，為什麼要出動這許多人？」

鄰家：「因為多歧路。」

夜深，找羊的人都回來了。

楊朱：「找到沒有？」

鄰家：「沒有，走失了。」

楊朱：「為什麼？」

鄰家：「歧路之中又有歧路，我們不知走哪條，只好回來了。」

楊朱臉色一變，很憂戚的樣子，長時間不言不笑。門人覺得奇怪，問道：「羊不是貴重的家畜，又不是夫子你所有，為什麼你這麼着緊呢？」楊朱沒有回答。

後人的其中一個答案是，楊朱想到追尋真道之路也是歧路甚多，恐怕窮一生之力亦無所得，所以感到悲哀。

魯迅的名篇《故鄉》，寫童年玩伴閏土，終於由一個活力充沛的少年，走向艱辛勞苦之路，他的命運和自己改革社會的理想，看來都很渺茫。但最後他仍給了一個較積極的結語，鼓舞了許多人：

「希望本是無所謂有，無所謂無的。這正如地上的路；其實地上本沒有路，走的人多了，也便成了路。」

千萬買鄰

南北朝時代的南康郡太守宋季雅被罷免後，在同樣退了休的開國功臣呂僧珍宅子旁邊，買了一間房子居住。

呂問房子買了多少錢？季雅說是 1100 萬。呂很驚訝，說為什麼這麼貴？季雅說：「百萬買宅，千萬買鄰。」

一個好鄰居比房子更值錢。當年孟母三遷，搬來搬去，還不是為了要有好鄰居。

白居易想跟元宗簡（元八）卜鄰而居，成詩一首：

平生心跡最相親，欲隱牆東不為身。
明月好同三徑夜，綠楊宜作兩家春。
每因暫出猶思伴，豈得安居不擇鄰。
何獨終身數相見，子孫長作隔牆人。

因為心跡相親，不但想經常見面，還想世代友好。

我們買房子，不但要看房子本身質素，還要看大環境，房子可以裝修改建，大環境卻難以改變。大環境之外，更貼身的是鄰居。因此在 Open house 參觀時，也要觀察近鄰情況。像在加國就要看前園草地是否修剪整齊，園子裏會不會日久失修、雜物堆積。

俗語說：「遠親不如近鄰。」事實如此。

好鄰居可以守望相助，你們全家外遊時，會幫你照管門户，幫你執拾派進來的廣告單張，免被壞人察覺家中無人。需要時會幫你接送孩子上學放學，幫你遛狗餵貓。如有大孩子，還會幫你鏟雪、剪草、掃葉。你沒有車，或車壞了，會開車陪你一同去超市。我的鄰居發現附近有黑熊出現時，會第一時間通知我。

白居易 ｜ 唐詩人，字樂天，號香山居士，作品關注民間疾苦。《長恨歌》、《琵琶行》是最受傳誦的作品。

寫作「三上」

散文家、詩人歐陽修在《歸田錄》中說：「余平生所作文章，多在三上，乃馬上、枕上、廁上也。」

這話説明他善用零碎時間，積少可以成多。這時間他不能做其他事，腦筋閒着。這時間無人打擾，乃可專心構思。

一時好奇，找他的詞來看看，可有「三上」跡象。

唔，《玉樓春》中「故攲單枕夢中尋，夢又不成燈又燼。」可能是枕上所作，寫於一個失眠之夜。

《踏莎行》中有「候館梅殘，溪橋柳細，草薰風暖搖征轡。」應是早春馬上之作。

《蝶戀花》中有「玉勒雕鞍游冶處，樓高不見章台路。」是否馬蹄聲中作品？至於廁上，無跡可尋矣。

阿濃開車不騎馬，為安全計要專心駕駛。枕上、廁上構思亦屬常事。枕上藉此催眠，廁上因排便暢順收穫極微。

真實的構思時間：

看新聞時，包括電視、報紙。看得仔細，即時有感，發而為文。

聊天時，包括茶聚、飯聚、電話、臉書、WhatsApp，有所聞，新鮮、有趣、潮流、怪誕……都是題材。

讀書時，古今中外，文史哲，回憶錄，地方誌，雜誌和畫冊，每當有得，為文分享之。

反而面對鍵盤和熒幕時，腹稿已就，把它們搬出來完成最後一道工序就是。

歐陽修 ｜ 北宋文學家、史學家，字永叔，號醉翁。唐宋八大家之一。

不合時宜

蘇軾有一天退朝回家，用膳後，覺得肚皮有點脹。對於王安石的新政，又覺得有諸多不可行，偏偏聖上聽他的，附和的自命是改革派，為數也不少，心中鬱悶，捧着鼓鼓的肚皮在園中踱步。

剛好有幾個侍兒在旁邊，就開玩笑的問：「你們可知道這裏面是什麼？」邊說邊拍拍肚皮。

一個說：「都是文章。」

「不對！不對！」東坡搖頭。

另一個說：「滿腹都是識見。」

「也不對！」東坡一樣搖頭。

輪到東坡最喜歡的朝雲了，她調皮的說：「學士一肚皮不合時宜。」

不合時宜──跟不上潮流，現在的說法是 Out 了的東西。

東坡聽了捧着肚皮哈哈大笑。

保持自我，不盲目跟隨時世，這種德行，使我想起唐詩人秦韜玉的《貧女》：

蓬門未識綺羅香，擬托良媒益自傷。
誰愛風流高格調，共憐時世儉梳妝。
敢將十指誇針巧，不把雙眉鬥畫長。
苦恨年年壓金線，為他人作嫁衣裳。

詩人借窮家女比喻自己：保持風流高格調，有嫻熟精美的技藝，而不是隨俗裝扮自己。遺憾的是勤勞工作只是為了別人，而無助於改善自己的處境。「為他人作嫁衣裳」因此詩成為常用名句。

蘇軾 | 字子瞻，號東坡居士，北宋文學家、政治家、書法家、唐宋八大家之一。

小時了了

孔融 10 歲那年，跟隨父親到洛陽。司隸校尉李元禮是當地名人，慕名而來的絡繹不絕。但只有親戚或有才學的人才獲得看門的通報進見。

孔融來到府前，對看門的說：「我是李府君世交。」他獲得通報，進去坐下。

李元禮問他：「你跟在下有何關係？」

孔融說：「從前先祖仲尼與你祖上伯陽曾有師生關係，所以我們可稱世交。」

阿濃評曰：這小子可是有備而來。因為史籍記載，孔子曾問禮於老子（李耳，號伯陽父）。孔融雖有證據是孔子二十四世孫，李元禮姓李卻不一定是老子後人。但這樣顯赫的祖先認了又何妨。

李聽了，跟座中其他客人見他小小年紀，既有膽色又說得有趣，個個都稱難得。太中大夫陳韙遲來，大家告訴他剛才發生的事，他說：「小時了了，大未必佳。」

阿濃評曰：有種人就是心胸狹窄，抵不了別人獲得稱讚，總要說些掃興的話。一個人小時候聰明，大了不一定卓越，雖是實情，又何必說破？

孔融回答說：「想君小時，必當了了！」

陳韙聽了，大為踧踖。

阿濃評曰：孔融確是應對的天才兒童，用對方的話反制其人，厲害的是「未必」換了「必當」。「踧踖」音「促即」，不安的樣子。更貼切的形容應是粵語之「冇癮」。對方用了自己的話，字面是褒不是貶，何況他只是一個 10 歲孩子。在眾人笑聲中只落得面紅耳赤。不過孔融出口還是狠辣了一點，恐怕從此會結下仇怨。如果回答說：「將來的事誰知道呢，小子當努力不負眾望。」是不是更為得體呢？

孔融 ｜ 東漢末文學家，魯國人，建安七子之一。大家最熟悉的故事是「孔融讓梨」。

金石良言

此亦人子也

詩人陶淵明，有五個兒子，看來都不出色。淵明雖窮，仍要照顧他們。其中一個更是生活不能自給自足。做父親的僱用了一個少年，到他家去做打柴挑水的雜務，好讓兒子能外出做些賺錢營生。

在派出那雜工時，帶上給兒子的信一封：

「……汝旦夕之費，自給為難。今遣此力（勞工），助汝薪水之勞（打柴挑水），此亦人子也，可善遇之。」

信中最重要的一句是：「他同樣是人家的孩子，你們要好好的對待他。」光是這一句，已經可以知道，陶淵明是個人道主義者，幼吾幼以及人之幼。

港人常僱用異國女傭操持家務，照顧小孩，有服務多年，親如家人，卻也有嚴苛僱主，冷面待之，稍有錯失便嚴詞責備，使之夜半垂淚。其中有初次離鄉別井的少女，有初為人母的少婦，只因家貧而要與家人分離。僱主念及此點，就該想到此亦人女也，此亦人婦也，此亦兒女之母也，就該善待之了。

至於做教師的，對班上資質較差，成績低劣，或調皮搗蛋，不服管教的學生，每每嚴詞訓斥，重重處罰，使其視上學如畏途，再無改過遷善的動力。老師如能想到「此亦人子也」，如果是自己的兒女又該如何，可能會多點愛心和耐性吧？

陶淵明 ｜ 又名陶潛，號五柳先生，東晉至南朝宋人，詩人，辭賦家。

無使名過實

東漢崔瑗（子玉）的《座右銘》深得唐詩人白居易欣賞，寫過一篇《續座右銘》。下面先介紹崔的《座右銘》：

無道人之短，無説己之長；
施人慎勿念，受施慎勿忘。
世譽不足慕，唯仁為紀綱；
隱心而後動，謗議庸何傷？
無使名過實，守愚聖所臧；
在涅貴不淄，曖曖內含光。
柔弱生之徒，老氏誡剛強；
行行鄙夫志，悠悠故難量。
慎言節飲食，知足勝不祥；
行之苟有恆，久久自芬芳。

試把它用白話文重寫一下：

不要津津樂道人家的短處，不要呶呶不休炫耀自己所長。

不要老是記住給人的恩惠，對人家的幫助卻千萬別忘。

不羡慕世間的榮耀和讚譽，唯獨要把仁愛作為行事的首項。

行事之前經過細心衡量，就不在乎別人的議論誹謗。

提防自己的聲名超越實際，自覺不足會獲得聖人欣賞。

在墨黑的環境中不被污染，樸實的外表下隱隱內含光芒。

柔弱才是生存的狀態，聖人老子告誡我們不要好勝剛強。

愈是淺薄的人愈固執不化，隨和內斂別人就難以估量。

謹慎說話、節制飲食，知足常樂，避過不祥。

有恆心地堅持下去，經過一段歲月自能發放芬芳。

崔瑗 | 字子玉，東漢書法家、文學家。

千里始足下

白居易讀了崔瑗的《座右銘》之後說：「崔子玉座右銘，余竊慕之，雖未能盡行，常書屋壁。然其間似有未盡者，因續為座右銘云。」其實裏面不少與崔瑗所說相同。試由第 9 句譯述。

勿慕富與貴，勿憂貧與賤；自問道何如，貴賤安足云？

聞毀勿戚戚，聞譽勿欣欣；自顧行何如，毀譽安足論？

無以意傲物，以遠辱於人。無以色求事，以自重其身。

遊與邪分歧，居與正為鄰；於中有取捨，此外無疏親。

修外以及內，敬養和與真；養內不遺外，動率義與仁。

千里始足下，高山起微塵；吾道亦如此，行之貴日新。

不敢規他人，聊自書諸紳；終身且自勗，身沒貽後昆。

後昆苟反是，非我之子孫。

不要恃才傲物，可免受辱於人。不要獻媚求任用，保護個人自尊。出外要遠離邪僻，居家要親近正人君子。正邪要識得取捨，這就是或親或疏的原則。修養要內外兼顧，培育平和與真誠。沒有疏漏之處，行動全部符合仁義原則。路途雖遠由足下開始，高山巍巍，由微塵積累。我們的道德品質，也是靠天天更新。最後他告誡子孫：如果違反了這些，就不配做他的後人。

格言聯璧

古人格言每多迂腐之言，不適合這個時代，但也有例外。清人金纓編的《格言聯璧》，其中有一則我覺得可以記取：

> 難消之味休食，難得之物休蓄，難酬之恩休受，難久之友休交，難再之時休失，難守之財休積，難雪之謗休辯，難釋之忿休較。

難消化的食物不要吃，何必難為你的胃？難以獲得的稀奇珍貴的東西不要積蓄，提防慢藏誨盜，也避免玩物喪志。難以報答的恩惠不要接受，免得永遠欠下人情；也免得要付出沉重的代價去還債。三觀不同的人做朋友遲早分手，就不要花時間去應酬他們了。一些失去了就無法再現的時刻，如良朋遠適他方，父母年邁體弱，能送則送，能陪則陪。個人健康欠佳，子孫生性不肖，你積聚多少都不能久保。那就要作最好的運用，包括捐出濟世助人。有人造你的謠，譭謗你，三人成虎，眾口鑠金，外人幸災樂禍的多，雪中送炭的少，此時也只能沉默是金，讓時間證明一切。跟別人結下仇怨，沒有力量報復，又久久不能釋懷。嚴重的甚至影響情緒健康，那就要學習放下。

用古詩「罵」孩子

臉書上見到一段視頻，一個 10 歲左右女孩在「教訓」大人，說他們只會罵孩子、打孩子，教育孩子沒有水平。說他們也算是讀過大學的，卻不會用古詩或古人的名句「罵人」。

這孩子口齒伶俐，說得一板正經。背後傳來家長的笑聲，大概他們覺得孩子的話有道理，想不到大人要被小孩教訓。事情有點荒謬所以笑。

不過我隨即想：用古詩或名言「罵」孩子卻也不容易，想了許久才想到一些，寫在下面供大家參考，算是響應這孩子的建議。

「莫等閒白了少年頭，空悲切！」出自岳飛《滿江紅》。

「少壯不努力，老大徒傷悲！」出自漢樂府的《長歌行》。

「明日復明日，明日何其多！我生待明日，萬事成蹉跎。」錢鶴灘《明日歌》。

「學如逆水行舟，不進則退。」梁啟超演詞。

「勤有功，戲無益。」出自《三字經》。

「花開堪折直須折，莫待無花空折枝。」杜秋娘《金縷衣》。

「將相本無種，男兒當自強。」汪洙《神童詩》。

「人誰無過？過而能改，善莫大焉！」出自《左傳》。

「往者不可諫，來者猶可追。」出自《論語》。

「與善人居，如入芝蘭之室，久而不聞其香……與不善人居，如入鮑魚之肆，久而不聞其臭。」見《孔子家語》。

「不經一番寒徹骨，怎得梅花撲鼻香。」黃蘗禪師

《上堂開示頌》。

「求其上，得其中；求其中，得其下；求其下，必敗。」出自《孫子兵法》。

情商考驗

清朝金纓的《格言聯璧》中有一則，是對我們情商的考驗：

世俗煩惱處要耐得下，世事紛擾處要閒得下，胸懷牽纏處要割得下，境地濃豔處要淡得下，意氣忿怒處要降得下。

身處世間，總會面對種種煩惱，政府的稅務，同事間的紛爭，兒女的教育，親戚的往來，鄰里的相處，都會出現這樣那樣的問題，不由得你不去解決。既花時間又耗金錢，這就要看你的耐力。

愈是有能力有擔當的人，大家都找他做事，所謂能者多勞。結果是百務纏身，完全沒了私人時間。如何找合適的人分擔，幫了他的忙也培養了後輩。他有衝鋒陷陣的時間，卻也可以彈琴、品茗、講故事給孫女聽。

胸懷牽纏的可能是艱危的國事，可能是畢生心血所建立的事業，可能是魂牽夢縈的愛情，但當大局已定，無可挽回時，總要來個了斷。

春風得意，時來運到，前路一片好景，身處富貴繁華之中，仍能保持一分清醒，戒驕戒躁，保持謹慎恐懼，方能平安免禍。

或有人對你妒忌打壓，或有人瀆職僨事，或有人造謠污衊，或有人忘恩負義，使你火冒三丈，血壓狂升。當斯時也，如果可以冷靜下來，會把事情處理得更為完善。

一個人能做到這幾點，定必有足夠的經歷，深厚的修養，暫時做不到，卻要定為努力的方向。

給青年的話

CCTV有一個節目叫《開講啦！》，其中一次題目是《科學與文學的對話》，邀請了諾貝爾物理獎得獎人楊振寧，諾貝爾文學獎得獎人莫言對談。節目本來的主持是名嘴撒貝寧，但這次他轉請畫家范曾擔任對談的主持。

節目最初圍繞科學與文學研究與創作的異同互相比對表述，其中大家都同意的一句話是：「真情妙悟著文章。」是真摯的投身的熱情，艱辛努力獲致的妙悟，最後獲得滿意的成果。

撒貝寧在對談完結後，請三位嘉賓給年青人簡短的箴言，他們每人給了四個字，夠精簡的。

范曾給的是「誠外無物」，來自《中庸》的「不誠無物」。我對這四個字的理解是每個人要以老老實實的態度對待自己的人生追求，不要自欺欺人，以虛假的姿態掩飾自己的懈怠和失敗。沒有這個「誠」字，憑假、大、空，最終是一事無成。

莫言給的是「青春萬歲」，來自王蒙一篇小說題目。文學家給的話也具備文學性。他是想感染年青人好好珍惜青春年華。青春是美好的，青春給予年青人無限的可能性，為青春高唱頌歌吧。

楊振寧給的是「自強不息」。我的理解是重點在「自」和「不息」。一切成就主要靠自己的努力，而成功的要素是永不停步。楊振寧 91 歲了，他的腳步並沒有停下來，他對全民「中國夢」的實現仍在出一把力。

相逢恨晚？

當我們遇上一位極之談得來的朋友時，會有相逢恨晚的感覺。如果能早點認識你多好！我們在一起是多麼愉快！我在你那裏獲得多少啟發和領悟！我多年煩惱的一些問題，被你一語道破。同樣，你也覺得跟我在一起時，時光最是美妙。

明朝的鍾惺曾經對陳眉公論及此說：「相見甚有奇緣，似恨其晚。然使前十年相見，恐識力各有未堅透處，心目不能如是之相發也。朋友相見，極是難事。鄙意又以為不患不相見，患相見之無益耳。有益矣，豈猶恨其晚哉？」

我同意他的別有見解，早一個時間相見，大家的學問、識見、感情成熟度可能還未抵達某個程度，那就無感也無益。因此相知相感也需要在適當時間，不該恨晚。

上世紀七十年代，在湖南長沙唐代銅官鎮官窰遺址，發現大批瓷器，上面刻有詩句，其中一首是：

君生我未生，我生君已老。君恨我生遲，我恨君生早。

這又的確是「相見恨晚」的無比遺憾了。一個年輕女子好不容易遇上並愛上一位年齡有很大差距的男子，現實使他們很難成為配偶，即使排除萬難在一起，那相處的日子也會有限。

這詩發表後出現不少仿作，試舉其一：

我生君未生，君生我已老。
我恨君生遲，君歎我生早。
若得生同時，誓擬與君好。
年歲不可更，悵惘知多少。
咫尺似天涯，寸心難相表。
我生君未生，君生我已老。
來世願同生，永作比翼鳥。

和鳴相伴飛，天涯復海角。

有日老難飛，互抱棲樹杪。

老死化樹藤，情根亦纏繞。

鍾惺 | 明末文學家。

陳眉公 | 陳繼儒號眉公，明代書畫家、文學家。著有《小窗幽記》等。

愛：人生結語（之一）

黃永玉對來訪者說他的人生結語是「愛、憐憫、感恩。」，這幾個字要刻在他的墓碑上。這幾個字深得我心，真想抄襲一下。

先說愛，我的心中一直充滿愛，甚至滿溢了。在我書寫的一百多種書裏，雖然只有一本《新愛的教育》、一本《跟着愛情走》有這個「愛」字，但可以說每本書的主題都離不開「愛」。

在我的童話集《阿濃說故事100》中，五位旅人的珍藏：故鄉的泥土、愛人的髮辮、祖母做的炒米餅、小妹妹的銅錢、八哥鳥的羽毛，代表了對故鄉、愛人、長輩、手足、眾生之愛。而在〈最長的故事〉一篇中，最長的故事只有三個字：「我愛你。」因為這是一生一世的故事。在重寫的〈青蛙王子〉中，一對愛人都變成青蛙，生活在池塘裏，月色下「閣閣」地你唱我和，因為有愛，日子過得不錯。

我的詩集《是我心上的溫柔》，可以說每一篇都是愛情詩。在〈日子〉中，我說：「只是我們那天認識了，以後的日子便完全不同了。」在〈不須多說 〉中，我說：「秋前有夏，冬後是春。月亮西落，太陽冬升。亙古不變，你心我心。」

《濃情集》中女兒想對父親說的心裏話：「我會長大，我會嫁人，我將來會有我的小寶寶，但我將永遠是爸爸的女兒！我永遠需要他的關心，我要他為我的煩惱而煩惱，因我的快樂而快樂，我需要他這方面的施予，他也需要作這樣的施予，永遠，永遠！」這是我描述的親人之愛。

在《細說心語》中，我把自己的人生目標總結為一句：「當我們想給別人更多的溫暖時，自己會燃燒得更光亮。」這就是我對世人的愛的理解和承諾。

黃永玉 ｜ 現代畫家、作家、詩人。

憐憫：人生結語（之二）

黃永玉想刻在墓碑上的人生結語之二是「憐憫」。

我的確帶有悲天憫人的情性。悲天，是對世情的悲觀，覺得老子說得對：「天地不仁，以萬物為芻狗。」意思是天地無所謂仁不仁，讓萬物自生自滅，自榮自枯。而我總覺得人性偏惡，最終總會毀滅自己。說到憫人，看起來我既不富也不貴，哪有資格去憐憫他人？但自覺在智能方面還是略勝於不少渾噩之人，見他們為自己的惡行、劣行、愚行受苦，便會生出憐憫之心。

德國人道主義者史懷哲指出現代人的特點是五無：無根、無人、無心、無情、無我。具備這五無的年青人似乎愈來愈多，這類人真的挺惹厭的，可他們自己也活得很不自在，苦悶、擔憂、憤怒、自暴自棄，我身為教育工作者，對他們只有憐憫，希望能夠幫助他們，從泥沼中爬出來。

我寫過一本《新愛的教育》，講述我教育一班「問題」青少年的經驗。我轉述一個大煙癮孩子的話：「阿Sir，我們不同你們，你們生活中樂趣多（他列舉了許多）……我們有什麼？悶的時候吸一口煙，便是很大的滿足。你們偏偏看不開，好像我們犯了很大的罪！」我寫一個身體較孱弱的孩子，為了要在這弱肉強食的「森林」生活，竟扮演貓的角色，找尋生存空間。我寫他時心中充滿憐憫。我在書後的《為師七戒》中，第一就是「戒仇恨」，不論學生如何惡劣地對待自己，記得要用憐憫代替仇恨。

而我自己其實也為人性弱點所苦，往往陷於貪嗔癡的泥淖中，輾轉呻吟，寄望於上天垂憐，賜我更大的智慧。

感恩：人生結語（之三）

我從一個江蘇小鎮的傻不楞登的小子，經歷抗戰、內戰、轟炸、瘟疫、走難、移民，而能生存至今，有兒有孫，不憂衣食，還有若干受歡迎的著作，心中充滿感恩。我要效法那些拿獎的幸運兒，在此接近人生終點的階段，向所有愛我、厚我的人獻上感恩。

第一個要感謝的是我親愛的媽媽，她是世間最無保留地愛我的人。當轟炸機在頭頂呼嘯時，她用自己的身體護我。她只認識幾百個字，但她是我最忠實的讀者。我把薪金的一部分交給她做家用，結果她省下大筆錢來做我的老婆本。她幫我帶大四個孩子，讓我有時間服務社會。

第二個要感謝的是父親，感謝他讓我有機會接觸文學和藝術，使我在這方面有點成就。

第三個要感謝的是我的妻子，她對我和四個孩子在生活上無微不至的照顧，無人能夠替代。而對我的一些劣行給予最大的容忍。

第四要感謝的是所有給機會我發表文字、出版書籍的文化機構，包括報章、雜誌、出版社，讓我的人生經驗、智慧結晶、思想感情有機會記錄和流傳，讓我成為許多許多讀者的朋友。

第五要感謝的是我親愛的讀者，尤其是那些把我當做知己、視如親人的最貼心的一班，沒有他們的鼓勵和支持，我早已停筆。是他們延續了我的創作生命。

最後我向上天致謝，他把一切最好的都給了我，我是一個幸運兒。

諸子百家

民不畏死

「民不畏死，奈何以死懼之。」怎也想不到這話是主張清靜無為的老子說的。至今願為理想拋頭顱灑熱血的革命志士常引用此語。從歷史找不怕死的例子卻真的不難。

「時日曷喪，予及汝皆亡！」《湯誓》中記述人民的呼號：我們不怕死，我們願與暴君夏桀同歸於盡。

「風蕭蕭兮易水寒，壯士一去兮不復還。」前往刺秦的荊軻不論成敗，根本就沒預算能回來。

「人生自古誰無死，留取丹心照汗青。」文天祥早已準備從容就義。他寫的《正氣歌》中：

> 在齊太史簡，在晉董狐筆。在秦張良椎，在漢蘇武節。為嚴將軍頭，為嵇侍中血。為張睢陽齒，為顏常山舌。或為遼東帽，清操厲冰雪。或為出師表，

鬼神泣壯烈。或為渡江楫，慷慨吞胡羯。或為擊賊笏，逆豎頭破裂。是氣所磅礴，凜烈萬古存。當其貫日月，生死安足論。

一個個都是不畏死的英雄。

「一腔熱血勤珍重，灑去猶能化碧濤。」到了清代，一個俠女秋瑾亦能捨身取義，為革命獻出生命。

文天祥被殺後，在衣帶中有留言：

「孔曰成仁，孟曰取義，唯其義盡，所以仁至。讀聖賢書，所學何事？而今而後，庶幾無愧。」

老子 ｜ 姓李名耳，字聃。春秋時代楚人。道教始祖，著有《老子》(《道德經》)。

人不知而不慍

《論語》孔子說：「人不知而不慍，不亦君子乎！」

「慍」是惱怒生氣的意思。

「不知」有不同的內涵，第一個是不知道你是個「猛人」，有權有勢，有財富，有地位，有學問，把你當普通人看待，沒有足夠的尊敬和優待。

以前的英雄豪傑，也喜歡聽到對方說：「久聞大名，如雷貫耳。」如果你「有眼不識泰山」，旁邊就有人幫着責問：「你知道他是誰？」

君子就不同，人家不認識他，他覺得更自在。

第二個「不知」是對他不了解，包括錯判他的人格。如果他是官，就認為無官不貪，賄賂是便宜行事的通行證。如果他經商，就認為無商不奸，有好處大家揾，是行內常態，理他公平不公平。

對於這樣的「不知」，我覺得還是應該惱怒的。除了峻拒之外，情節嚴重的還要法律制裁。

至於一些世俗觀念的錯判，例如以為人人喜歡聽讚賞褒揚的説話，有人説得太多而且沒水平。有人以為祝人長命百歲一定不會錯，對方卻覺得生命質量重於長短。作為善理解、能包容的君子是不會介意的。

孔子 | 名丘字仲尼，春秋時代魯國人，中國古代最有名思想家、教育家，政治活動家，儒家學派創始人。著有《論語》，是他的言行彙編，由弟子編撰而成。

「子在，回何敢死！」

孔子56歲那年，帶着一班徒弟想離開衞國去陳國，途中經過衞國小鎮匡邑。在旅店歇宿時，遭到當地人圍困。

弄清楚原因，是把孔子錯當陽虎。他們的樣子相像，而陽虎在當地曾經搜刮搶掠，做了不少壞事。如今當地人要跟他算清這筆賬。一天又一天，大家想起了最有辦法的顏回，他不知那一天起掉了隊。

第四天，顏回終於出現。

孔子激動地說：「吾以女（汝）為死矣！」（我還以為你已經死了！）

顏回答道：「子在回何敢死？」（你還活着，我怎麼敢死呢？）

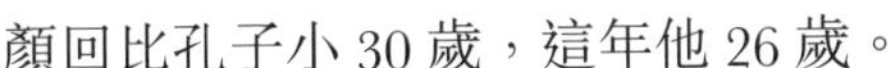

顏回比孔子小 30 歲，這年他 26 歲。

顏回為什麼這樣說呢？他要繼續照顧、服侍老師，這是做弟子的責任吧。他不想老師因他的死傷心，他知道自己在老師心中的地位，自己的死將是對老師沉重的打擊。

可惜結果還是顏回比孔子早死，那年顏回 41 歲，孔子 71。孔子知道顏回死了，呼喊道：「噫！天喪予！天喪予！」（唉！天老爺要了我的命啊！天老爺要了我的命啊！）

他哭得很傷心，從者曰「子慟矣！」孔子曰：「有慟乎？非夫人之為慟而誰為？」（我不為這樣的人傷心，還為什麼人傷心呢？）

再過兩年，孔子也死了。

小杖則受，大杖則走

這天曾子沒來上課，這是少有的事。

「有人知道曾參今天為什麼沒來上課嗎？」

「他被父親打傷了。」曾參的鄰居同學說。

曾參的父親曾皙也是孔子的學生。

「他父親為什麼打他？」

「曾參在瓜田鋤草，不小心弄斷了瓜根。他父親很生氣，拿起一根大棍打過去。打中了他的背脊。曾參仆倒在地，不省人事，很久才醒來。」

「醒來之後他怎麼樣？」

「他向父親道歉，說不應該惹他生氣。還走進房間彈琴又唱歌，表示自己無恙，免得父親擔心。」

「豈有此理！」孔子顯得很生氣，「曾參回來別讓他進來！」

曾參被拒門外，覺得自己沒有錯。要求老師告訴他錯在哪裏？老師姑且讓他進來聽訓。

「曾參你應該聽過，舜的父親瞽叟，對舜很暴虐。但想舜為他做事時，舜一定在身旁；想殺害他時，一定找不到他。用小杖打他時他會承受，用大杖打他時，他會逃走（小杖則受，大杖則走）。因此舜沒有陷父親於不父之罪，舜也不失為一個孝順兒子。像你這樣，如果讓父親在暴怒的情況下，打死了你，你自己死了，父親也獲得不義的罪名。你是多麼的不孝！」

曾參聽了，汗涔涔下，低頭說：「我知罪了！」

他深深的向孔子拜下去。

曾參 ｜ 春秋魯國人，孔子弟子，儒家代表人物之一。

苛政猛於虎

有一天孔子坐車經過泰山，老遠就聽見哀哀的哭聲。

漸行漸近，見一婦人在墳前哭得十分傷心。嘴裏喃喃的不知訴說些什麼。他吩咐停下車來，把手枕在扶手板上聆聽，還是聽不出什麼。便叫隨行的子路前去打聽。

「這位大嬸，什麼事情使你哭得這麼傷心？」

「傷心呀！」婦人說，「這裏有老虎咬人，先是我家公被老虎咬死，然後是我丈夫，如今我兒子又被老虎咬死了！」說罷又痛哭起來。

孔子把車移近，對她說：「你們為什麼不離開這裏呢？」

「因為這裏沒有苛政。」

孔子對弟子們說：「小子識之，苛政猛於虎也！」

經過一千多年，來到唐朝，一位大文學家柳宗元，看了這個故事，寫了一篇《捕蛇者說》。說永州地方出產一種毒蛇，被它咬了，必死無疑。但將它製成藥餅後，能治多種危疾。因此朝廷命地方上貢，百姓可以之替代賦稅。

有一家姓蔣的，已經三代做了捕蛇戶。如今的戶主說：「我祖父因此被蛇咬死，我父親又一樣，到我幹這差事 12 年，險死還生好幾趟。」說時很憂愁的樣子。

柳宗元是當地官長，對他的處境很同情，說可以請有關方面，免掉他的任務，重新交回賦稅。蔣氏大驚，帶淚說：「如果這樣生活將更悲慘。」

他將自己的處境與鄰人相比對：「蓋一歲之犯死者二焉，其餘則熙熙而樂，豈若吾鄉鄰之旦旦有是哉？今雖死乎此，比吾鄉鄰之死則已後矣！」(一年冒死兩次，勝於他人天天受難。）

柳宗元最後說，他曾經懷疑過孔子苛政猛於虎的說法，聽了蔣氏的遭遇，才知道賦斂的毒害更勝毒蛇。

子路 ｜ 仲由，字子路，春秋魯國人，孔子弟子。

柳宗元 ｜ 字子厚，唐文學家、思想家，唐宋八大家之一。長於遊記和寓言。

後生可畏

魯迅在《風波》中有一個人物叫九斤老太，她說得最多的一句話是：「一代不如一代」，而主要依據是孩子出生時重量的下降，魯迅是這樣寫的：

> 這村莊的習慣有點特別，女人生下孩子，多喜歡用秤稱了輕重，便用斤數當作小名。九斤老太自從慶祝了五十大壽以後，便漸漸的變了不平家，常說伊年青的時候，天氣沒有現在這般熱，豆子也沒有現在這般硬：總之現在的時世是不對了。何況六斤比伊的曾祖，少了三斤，比伊父親七斤，又少了一斤，這真是一條顛撲不破的實例。所以伊又用勁說，『這真是一代不如一代！』

魯迅以這篇小說諷刺當時迷戀舊制度、舊文化的保守派。

想不到二千多年前的孔子卻說：「後生可畏，焉知來者之不如今也。」從這兩句已可知他的智慧和襟懷。

事實是後來者的能力和成就，早已超出古人想像之外。

在科學方面，古人以「一日千里」形容速度之快，如今通訊用的電磁波每秒接近 3 億米，超音速 5 倍、超音速 10 倍的導彈都已研發成功。

登月攀星不再是神話，木牛流馬早已有機械人代替。

我們稱醫術高明為「再世華陀」，如今的醫術何止比華陀高明百倍？開顱手術是醫院常科。還有微創手術，精彩猶如特異功能。

文化事業的進步，走進圖書館、劇院便知，那裏有真正的書海，5 萬人以上的下里巴人流行音樂表演，都是實力。

最使人懷疑的是道德水平，但在自由、民主、平等方面有着整體的進步，我們再沒有君要臣死不得不死，殉葬、奴隸、淩遲、腰斬、太監、選妃、和親、坑卒……都成歷史名詞。

最不爭氣的是戰爭，先進武器的殺人效能也與時俱進。我們等待更有智慧、能力的下一代，構建一個持久和平昌盛的美麗新世界。

魯迅 ｜ 周樹人之筆名，中國 20 世紀最重要作家，新文化運動領導人，思想家。代表作有小說《吶喊》、《彷徨》，大量雜文。

「始作俑者，其無後乎！」

這是孔子說的，孟子曾經引用。

「最先製造人偶殉葬的，該是絕子絕孫了！」

說話從來有分寸的孔子如此詛咒人，可見他的憤怒了。

孔子的生氣是因為那些人偶製造得栩栩如生，還會活動，有類現代的機器人，不過是草創版。孔子見了心有不忍，才會這樣說。

其實在孔子以前的奴隸制時代，奴隸主是以真人殉葬的，讓奴隸繼續在死後服役於他。到了封建時代，以木、石、陶、銅等材料製成人偶殉葬，稱之為俑，已是一種人道主義的進步。孔子因為俑與真人太相似，還是觸動他慈悲的內心，接受不了。孟子更借題發揮，說：「仲尼曰：『始作俑者，其無後乎！』為其象人而用之也；

如之何其使斯民飢而死也！」

就是因為孔子的話，我們有了「始作俑者」這個成語，意思是第一個做某種壞事的人。而這種壞事往往影響一段較長的時間。

如從唐代開始便有女子纏足的惡俗，到民初仍未能廢止，使千萬女子受苦。由於行動不便，影響了女性地位。

如大學的玩新生，其中一些接近酷刑，影響新同學健康。

如婚禮中的玩新人、鬧新房，其惡作劇實出於隱藏的妒忌心理。

如在中國大陸曾流行的鬥酒，造成傷害。

有時間帶頭做一些移風易俗、有益身心的好事，定會子孫昌盛。

孟子 ｜ 孟軻，戰國時代鄒人。思想家、教育家、政治家，儒家代表人物。《孟子》一書記載了他的言論思想和事跡。是儒家經典《四書》(《大學》、《中庸》、《論語》、《孟子》)之一。

流逝的恐懼

《論語・子罕》記載，有一天孔子在一條大河邊，看到流水滔滔東流，不止不歇，不禁感慨說：「逝者如斯夫，不舍晝夜。」

他是看到流水日夜奔流，一去不回，想到光陰也是這樣，不論你在忙什麼，或是什麼也不做，它過去就是過去了，誰也留它不住。而生命也就是這樣在消耗着。

我沒有站在大河邊，卻也有同樣的恐懼。如果整個上午沒有做過什麼，看了新聞，看了世界盃，聽了兩個電話，就要吃午飯了。我會不安：一個早上就這樣過去了。到了下午，如果在沙發上打了一會盹，上臉書瀏覽了兩個小時，跟朋友言不及義的打了一陣牙骹，又要準備晚餐了。我會感到頹喪，怎麼一天這麼容易過去！晚飯後的時間過得更快，清潔廚房清潔自己，電腦上已有朋友跟你道晚安。

春暖花開之後，各種花卉輪番提醒你：迎春、櫻花、鬱金香、牡丹、杜鵑、菊花……百花凋謝之後，又是一年。

那怕你不熟悉二十四節氣，總知道清明之後有端午，然後是重陽、冬至，到除夕就為一年畫上句號。

西方節日時間性也強，情人節、復活節、母親節、父親節，國慶節、萬聖節……聖誕節燈飾一亮，這一年所餘無幾。

提醒自己的還有家庭成員的生日，定期繳交的車保、屋保，薪俸稅、物業稅，全都有着時序。

當一日將盡，發覺當天乏善足陳，時間過得如斯之快，就難免恨恨了。

子罕 | 春秋宋國賢臣。

何陋之有？

孔子想到一個叫九夷的地方居住，九夷在淮水和泗水之間，是一處窮困簡陋的地方。有人說：「這麼簡陋，怎麼能住呢？」孔子說：「有君子去住，就不簡陋了。」(《論語・子罕》：「君子居之，何陋之有？」)

唐朝的劉禹錫根據這話寫了一篇《陋室銘》，說那怕是一間陋室，只要有德之人居住，就變得馨香起來。他說陋室也可以綠化，進出的都是有學問的人，在裏面做的也是風雅的事，寧靜舒適，這樣的居所何陋之有呢？

的確如此，那怕是一間絕頂豪華的屋子，如果居住在裏面的人，生活糜爛，吸毒聚賭，一片烏煙瘴氣，那麼這間屋子不是簡陋而是醜陋。

一間村居老屋，如果住的是一班藝術家，他們會在此寫生、做雕塑，營造出濃濃的藝術氣氛。如果住的是作家，他們會在此寫作、朗誦詩歌、舉辦小型講座，滿滿的都是文學氣氛。如果住的是音樂家，歌聲琴韻，飄揚於綠樹間、小河旁。如果是一班表演藝術家，他們會在此圍讀劇本、排戲，恩怨情仇，生離死別，一幕幕上演，笑聲淚影，如夢似幻。

這間屋子有點漏，有點冷，屋角有蛛網，熄了燈有蚊子，可是它是這麼吸引，一到假期滿屋是人，它還會長久留存於大家記憶中，出現在不少作品中，你說，何陋之有？

劉禹錫 ｜ 字夢得，唐詩人。

以直報怨

有人對孔子說：「拿恩惠來回答仇怨，您認為怎麼樣？」好一個孔子，他的回答真有智慧，他說：「那我們用什麼來報答恩惠呢？我們應該以公平正直來回答仇怨，拿恩惠來酬答恩惠。」（《論語・憲問》或曰：「以德報怨，何如？」子曰：「何以報德？以直報怨，以德報德。」）

我欣賞孔子的回答，一因為他的公平性。如果好人、壞人一律看待，你還有原則嗎？一個愛護你、照顧你，把你視若兄弟；一個陰謀用人肉炸彈炸你，綁架你然後斬首；你竟對他們一視同仁，你的腦子一定出了問題。

二因他看事物的透徹。他知道有種人惡性難移。就像寓言《農夫與蛇》中的農夫，他給凍僵了的毒蛇以溫暖，毒蛇蘇醒後就咬了他一口，這愚蠢的好人死了。還有另一則《蠍子過河》的故事，說的是同樣的道理。蠍子請青蛙（或烏龜）馱它過河，蠍子雖然明知螫了青蛙會同時浸死，它還是下了致命一螫。因為它本性如此。

三因孔子知道怎樣對待惡人才有效，那就是既公平又正直，給他們法律賦予的權利，讓他們無從「詐型」。同時懲罰他們違法的行為，絕不姑息養奸，終成大患。犧牲了廣大民眾的利益，成就你包容寬恕的虛名，你其實是從犯。

世間多的是糊塗蟲，說什麼冤冤相報何時了，說什麼冤家宜解不宜結，事實證明單方面的退讓只會使對方得寸進尺。對一切惡行堅決企硬，寸步不讓，才是智慧老人孔子的好學生。

時日曷喪？

梁惠王三十五年，大召賢士，所以孟子不怕路途遙遠去見他。

梁惠王在一個臨池的亭子裏接見孟子。園子裏養着雁鵝麋鹿等動物。

「有賢德的人像先生你也樂此嗎？」惠王問。

「當然！」孟子回答，「賢者而後樂此，不賢者雖有此不樂。」

「願聞其詳。」惠王說

這就引起孟子說出一番道理來，他先引用《詩經》，詩的大意是：

文王想造一座靈臺，
有了完美的建造計劃。
百姓們齊來出力，
很快就造了出來。
他們好像是為父母出力，
不用監察催逼。
文王在名叫靈囿的新園子裏，
陪他的有懷孕的母鹿，
安寧地伏在那裏，
帶着一身潤澤的皮毛。
還有那些美麗的白鳥，
他們的名字是靈鶴。
文王在名叫靈池的水邊，
讚歎滿池的游魚，
不時快樂地躍出水面。

孟子說文王能與民同樂，所以他很快樂。相反歷史上的暴君夏桀，曾誇口說他好比天上的太陽，太陽不滅，他也不亡。於是百姓們呼喊道：「時日曷喪？予及汝偕亡！」意思是：太陽呀，你幾時消失？我們情願跟你一同死亡！

起兵討伐夏桀的商湯誓師時引用了這句話，記載在《尚書・湯誓》中。孟子兩者相比較，結論是：「民欲與之偕亡，雖有臺池鳥獸，豈能獨樂哉！」

顧左右言他

這天孟子又跟齊宣王聊天。孟子說：

「我認識一位朋友，他想去楚國遊玩很久了，只是怕一向依賴他的妻子沒人照顧，多年不能成行。直到他認識了一位朋友，常誇耀自己樂於助人，不求回報。於是朋友跟這位人士商量，能不能在他外遊期間照顧他妻子，所需種種物資和金錢他都會交託給他。這位朋友滿口答應，叫他放心。朋友從楚國遊玩回來，發覺妻子冷病了，這些日子她經常吃不飽，食物有一頓沒一頓。」

孟子問：「如果這位失責的朋友是大王的臣子，你會怎樣？」

宣王說：「棄之！」意思是這樣的朋友要拋棄，這樣的臣子再也不能信賴。

孟子又說：「如果大王掌管監獄的官員，管理不了下屬，行政上一塌糊塗，運作上紕漏處處，你會怎樣？」

宣王說：「已之！」（停止他的職務）

孟子微笑說：「好！」再問：「四境之內不治，則如之何？」

兜了一個大圈，終於來到主題：一個國家治理不妥，盜賊蠭起，人民生活困苦，那又怎麼辦呢？

宣王想：「這狡猾的傢伙，弄個圈套讓我鑽。但他沒有指明是哪個國家，不便發作。」只能裝作沒聽見，望望這個，望望那個：「京城鼠患嚴重，眾卿家可有滅鼠之計？」（阿濃假設性問題）

《孟子》這一節的總結是「王顧左右而言他。」

「顧左右而言他」正是現代許多政客面對難回答問題時的指定動作。

術不可不慎

孟子在《公孫丑》篇説過，造箭的人（矢人）惟恐他造出來的箭不傷人，造鎧甲的人（函人）惟恐傷人。正如巫（作法治病者）和「匠」（製作棺木的木匠），一個想人痊癒，一個想人死亡有生意做。他警惕人們選擇技術要謹慎（故術不可不慎也）。

選擇技術，尤其是終生從事的技能要謹慎，是無庸置疑的。但所舉例子卻值得商榷。造箭，如果是為了保家衞國，制止敵人侵略，免卻人民被殺害、被姦淫擄掠，肯定是一番功德。極端如核子武器的研發，肯定是大量殺害平民的武器，世人皆曰要禁絕。但當年陳毅説沒有褲子也要把原子彈造出來，卻有其歷史環境的需要，中國得以與列強同屬核子大國，有免被欺負的震懾力，擁有核武是必備條件。而核武力量的平衡正是核子武器至今沒有再被使用的原因之一。

殯儀業是厭惡性行業，感謝有人替大眾服務，為人們劃上完美的句點。高尚如救急扶危的醫療行業，也有謀取暴利的集團和從業員。本屬文以載道的寫作界，也不乏誨淫誨盜的文痞。更有為屠夫塗脂抹粉，為侵略暴行作文宣的寫手。

因此技「術」未必是問題，心「術」才是關鍵。

公孫丑 | 戰國時齊人，孟子弟子。

君子三樂

孟子曰：「君子有三樂，而王天下不與存焉。父母俱存，兄弟無故，一樂也。仰不愧於天，俯不怍於人，二樂也。得天下英才而教育之，三樂也。君子有三樂，而王天下不與存焉。」

讓我們逐點思考一下：

父母俱存，兄弟無故。不是努力可得。隨着歲月的消逝，父母的離去是遲早的事。兄弟姐妹能不能齊齊整整，平平安安，也存在許多不可測因素。只求大家健在時，互相親愛。

得天下英才而教育之，是教育工作者的專利。但不是人人能在 Band One 或有名的學校任教，有教無類，能春風化雨，使所有跟你學習的子弟，都有各方面的進步，就是很大的快樂。

只有第二樣樂事，仰不愧於天，俯不怍於人，是適合每個人，要求極高，可終生奉行的事。不愧於天，是沒有浪費上天給你的能力和才智，做了許多有益於天地和人間的事。大自然因你的愛惜變得更美麗，人間世因你的影響有更多的幸福和富足。不怍於人，是你總是為他人作想，有損他人的事絕對不做。如果不小心犯了錯，定必盡力補救。因此你活得坦蕩蕩，不怕被人起底算舊賬。

君子的快樂並不包括成為擁有天下的領袖，孟子把這話一字不易的說了兩次，可見他很強調這一點，而且他是想那些國家領導人也能聽見。

天降大任

孟子在《告子》篇的這番話，被無數人引用，用來勉勵人或勉勵自己，也的確起了作用，有起死回生之功：

「故天將降大任於斯人也，必先苦其心志，勞其筋骨，餓其體膚，空乏其身，行拂亂其所為；所以動心忍性，曾（同增）益其所不能。」

意思是：所以上天要將重大的任務落到這人身上，一定會苦惱他，勞役他，饑餓他，窮困他，讓他事事都不能如意；這樣就能激動他的鬥志，鍛煉他的耐力，增加他的能力。

這番話使我想到幾個問題：

什麼是大任？不一定是國家領導人，只要能造福眾生、澤及後代的任務就是大任，他可以是政治家、科學家、教育家、藝術家、傑出的醫生或教師。

上天如何揀選這樣的人？與其說是上天，不如說是時勢加上許多因素的湊合：環境、教育、天賦、遇合、機會……在一大羣人中出現一個很小百分比的候選人。

誰能有目的地培養這樣的人才？條件好的家庭難做到，因為總是把最好的供給他們，更容易把他們培養成溫室花朵。窮困的家庭為生計耗盡心力，扼殺了天才孩子的許多機會。有遠見的政府可以在教育制度上提供土壤和機會，但最後能成就的還是好老師和學生自己。

孟子的這番話主要目的還是要我們不要因環境惡劣而氣餒，他後面還有一番話，說因為做錯了才知道修改；因為困惑才能奮發；一個國家沒有內憂外患反會導致滅亡。他的結語是：「然後知生於憂患而死於安樂也。」因憂患反能生存，耽於安樂會導致滅亡，國家如此，個人亦如此。

告子 ｜ 戰國時代思想家，認為人性無善惡。

誰是大丈夫？

一位叫景春的對孟子說：「像公孫衍、張儀這樣的人（兩個都是靠嘴巴做說客登高位的縱橫家），他們一發脾氣諸侯就害怕，他們安安穩穩的待在那裏就天下太平。這樣的人可算是大丈夫了。」

孟子的回答是：「以順為正者，妾婦之道也。」意思是只知奉承國君，像妻妾討丈夫的歡心，也算是大丈夫麼？

孟子繼續定位他心目中的大丈夫：「居天下之廣居（指仁），立天下之正位（指禮），行天下之大道（指義）。得志，與民由之（偕同百姓前行）；不得志，獨行其道。」

孟子隨即為大丈夫定下後世最多人引用的標準：「富貴不能淫，貧賤不能移，威武不能屈，此之謂大丈夫。」

貧賤不能改變他的志向，我們有顏回的例子，孔子讚揚他：「賢哉，回也！一簞食，一瓢飲，在陋巷。人不堪其憂，回也不改其樂。賢哉，回也！」

威武不能使他屈服，我們有文天祥的例子，秉持愛國正氣，從容赴死。死後在他的衣帶中發現一首詩：「孔曰成仁，孟曰取義，唯其義盡，所以仁至。讀聖賢書，所學何事？而今而後，庶幾無愧。」

富貴不能使他腐化墮落，適當的例子難尋。或許范蠡是少數之一。

他助勾踐復國後急流勇退，經商致富，自稱陶朱公。司馬遷讚他「范蠡三遷，皆有榮名。」史書上說他「忠以為國，智以保身，商以致富，成名天下。」

孟子這番話以現代眼光看來，帶有性別歧視，「大丈夫」、「妾婦之道」都是男尊女卑，應把「大丈夫」改為「偉大人物」就政治正確了。

性本善

孟子認為作為人，天賦善的本性，他在《告子》篇中說：

「惻隱之心，人皆有之；羞惡之心，人皆有之；恭敬之心，人皆有之；是非之心，人皆有之。惻隱之心，仁也；羞惡之心，義也；恭敬之心，禮也；是非之心，智也。仁義禮智，非由外鑠我也，我固有之也。」

他同時在《公孫丑》篇中說：

「無惻隱之心非人也，無羞惡之心非人也，無辭讓之心非人也，無是非之心非人也。」

「非人也」簡直不是人！言重了！他又舉例：

「今人乍見孺子將入於井，皆有怵惕惻隱之心。非所以內交於孺子之父母也，非所以要譽於鄉黨朋友也，非惡其聲而然也。」

當人們看見小孩要掉進井裏時，都會驚駭同情，不是為了要跟孩子的父母拉關係，不是要在鄉里朋友間博取好名聲，也不是討厭那孩子的哭聲。即是怎樣？即是證明人有善良的本性。

告子曰：「性猶湍水也，決諸東方則東流，決諸西方則西流。人性之無分於善不善也，猶水之無分於東西也。」

孟子曰：「水信無分於東西。無分於上下乎？人性之善也，猶水之就下也。人無有不善，水無有不下。」

告子質疑人性好像水一樣，並無定向，可以使他往東或往西。孟子說但水的本性總是向下，像人的本性總是向善一樣。

孟子還說，惻隱之心是仁之端（萌芽），羞惡之心是義之端，辭讓之心是禮之端，是非之心是智之端。有了這四端，加以擴充，就可以安定天下。

性本惡

荀子也是儒家，但不同意孟子的性善說，認為人性本惡，著有《性惡篇》。讀後會覺得他言之成理。但他的文字較孟子深奧，難怪流傳不及《孟子》，後世也沒能與生活緊密結合。

《性惡篇》的第一段已表達全文主旨。試譯其大意：

人之性惡，其善者僞也。（人的本性是惡的，他們那些善良本性是人為的。偽，解作人為。）

今人之性，生而有好利焉，順是，故爭奪生而辭讓亡焉；（人一出生便有喜歡利益本性，依順這種本性，就會爭搶掠奪，而不會推辭謙讓。）

生而有疾惡焉，順是，故殘賊生而忠信亡焉；（人一出生就會妒忌憎恨，依順這種本性，就會殘殺陷害而不懂得忠誠守信。疾，即嫉。）

生而有耳目之欲，有好聲色焉，順是，故淫亂生而禮義文理亡焉。(人一出生就有聽覺視覺的欲望，貪好聲色，就會生活淫亂再不講禮義法度了。)

然則從人之性，順人之情，必出於爭奪，合於犯分亂理而歸於暴。(那麼跟從人的本性，依順人的情慾，必定會出現爭奪，違反等級名分攪亂道理法度而終歸於暴亂。)

故必將有師法之化，禮義之道。然後出於辭讓，合於文理，而歸於治。(所以一定要有師長和法度的教化，禮義的引導，才能推辭謙讓，合於理法，達成安定太平。)

用此觀之，然則人之性惡明矣，其善者僞也。(照這樣看來，人性本惡，表現的善良只是人為的而已。)

荀子 ｜ 名荀況，戰國後期思想家。

流言止於智者

荀子說：「流言止於智者。」反過來看，聽信流言胡亂傳播者，當是不智甚至弱智之人了。

為何傳播流言是不智？一因他不懂分析事理，分不清是非對錯，屬於糊塗蟲一類。凡捏造之流言，與事實必有不相符合處。發表意見者對事情的前因後果，有關人物一向之表現，事情如果屬實所產生之利弊，都要了然於胸，才可下判斷。如有疑點，便須保留，以免誤導他人，更免了自己傳播謠言的惡名。

流言之傳播背後定有惡劣意圖，想傷害他人謀一己之私，你如中計，代為傳播，那就成了幫兇。主謀有罪，幫兇亦有責。而幫兇卻未必有好處，因此更蠢。

急不及待傳播流言者，多因為流言與他同調，正是他所期盼的，大喜之餘，也就不加求證，忙不迭的到處宣揚。還強調不是他的意見，只是傳聞以求免責。更見小人。

聽到流言，即使言之鑿鑿，首先要考慮會不會傷害人？不論對方是敵是友，如果不能確定是否事實，便應緘口不言。因為真相揭出之前，可能傷了無辜；真相顯露之後，可能傷了自己。

私下傳播流言已是不當，以各種方式向公眾傳播流言，實在是一種犯罪。

兵不厭詐

春秋時代的軍事家孫武，齊國人，著有《孫子兵法》十三篇，是世界最早的兵書。第一篇是《始計篇》，下面是其中一節：

> 兵者，詭道也。故能而示之不能，用而示之不用，近而示之遠，遠而示之近。利而誘之，亂而取之，實而備之，強而避之，怒而撓之，卑而驕之，佚而勞之，親而離之。攻其無備，出其不意。此兵家之勝，不可先傳也。

大意是：用兵打仗是一種詭詐的行為。因此有能力裝做無能力，會使用裝做不會使用，想攻打近處扮做會打遠處，想攻打遠處扮做會打近處，用利益誘惑他，趁亂收拾他，充實軍備防他進犯，對方勢強避他鋒芒，對方暴躁就撩撥他的怒火使他失去理智，對方對他自己信心不足，就使他驕傲自大，對方慣了安逸就想法使他勞苦，對方親密團結就想法挑撥離間。趁他沒防備的時候攻打他，在他意想不到的時候進攻他。這是軍事家取勝之道，不可先洩漏出去。不過孫子對戰爭的論述也有正道：

「無恃其不來，恃吾有以待之；無恃其不攻，恃吾有所不可攻也。」《九變篇》

壯大自己，做足防備，是防止侵略的最好策略。

「百戰百勝，非善之善者也；不戰而屈人之兵，善之善者也。」《謀攻篇》

以和平的對策消弭侵略，是善中之善，強中之強。

知彼知己，百戰不殆

《孫子·謀攻》的結論：知彼知己，百戰不殆；不知彼而知己，一勝一負；不知彼，不知己，每戰必殆。

証之俄烏戰爭和以巴戰爭，正是如此。

世界之有戰爭，往往是對自己的力量估計過高，而對敵方估計過低。

先說知己，即使肯定自己的武力勝於對方，甚至擁有核子武器，但自第二次世界大戰後已不曾有人使用過，因為這種殺害大量平民的武器，如果貿然使用，有道德上的問題，必定陷於孤立，成為戰爭罪犯。

還要看國民對國家的軍事行動，是否理解和支持，如果沒有同仇敵愾之心，在戰場上就士無鬥志。

再說知彼，從過往的歷史，可知他對挑釁者會怎樣應對。是定必以眼還眼，以牙還牙，還是止於口頭抗議，外交交鋒。

還要看對方國民團結的程度，有沒有內部的分裂和爭鬥？

還要看他與哪些國家結盟，對他支援的程度。是打打嘴炮還是提供武器，甚至出兵的機會有多少？

再要看對方的地理環境，是易守難攻還是易攻難守？而天氣的因素對作戰的時機應如何掌握？

發動戰爭你想達成什麼結果？殺敵一千，自損八百，這樣的損失你承受得起嗎？國內同胞失去親人的悲痛會使你良心不安嗎？

所有這些知己知彼會使你打一場勝仗或按兵不動，而既不知己又不知彼，結果將會十分悲慘。

鸛鳥的智慧

《郁離子》上的故事

子游做武城縣縣官時，有一天，看守墓園的老人家向他報告：

「有隻鸛鳥，把它的巢從城門旁的小土堆，搬來墓園裏的一塊石碑上。鸛鳥能預知天氣，它把家搬來高處，可能有大水。」

子游相信有這個可能，下令全城居民作好防災準備。幾天後大水真的來臨，淹沒了城門旁的小土堆，大雨繼續下個不停，大水眼看就要漫及鸛鳥棲息的石碑。面對岌岌可危的鳥巢，鸛鳥只能在巢邊徘徊哀鳴，不知怎樣是好。

子游慨歎説：「可憐呀，這鸛鳥有預知的智慧，卻沒有足夠的打算。」(悲哉，是亦有知矣，惜乎其未遠也。)

這故事反映了人間多少悲哀，即使你有預知災難的智慧，能找到桃花源避秦的終究是少數。每年逃往安樂國的以十萬計的難民，多少葬身怒海，多少遣回原地。

說到打算，還要看本身具備的財富、勇氣、人脈、計劃、時機、運氣。

正如魯迅所說黑屋裏的人，那醒的比睡的可能更痛苦。有預見而不能逃脫的比懵然不知的悲哀得多。

回看人生，誰能逃脫生命的終結？最先進的科學、醫學也幫不了你。芸芸眾生，不念不想，隨百草生滅；只有那些多情的智者才為「修短隨化，終期於盡」而「豈不痛哉」！

愈是有點慧心的人，愈像這無奈的鸛鳥。

*《郁離子》：明朝大臣劉基的文集。

子游 | 春秋魯國思想家，孔門七十二賢之一。

世事亦若是也

郁離子寫過一段經歷：

有一天他跟一位朋友去大湖彭蠡（今鄱陽湖）泛舟，天氣很好，風雲不興，白日朗照，波平如鏡，水清見底，水中的魚蝦出沒都可看見。多麼的皎潔明亮！多麼的開闊空曠！船行順暢，左右隨意。朋友說：「在這樣的環境下泛舟，是多麼快樂啊！我能得到這樣的享受，終身無憾了！」

不料山上忽然升起一縷縷的雲，轉眼間遮住了太陽。狂風刮起碎石，樹木在風中傾倒。深谷中雷聲隆隆，船隻上下顛簸。朋友站立不穩，東倒西歪，嘔吐大作，趴在甲板上不敢仰視。嚇得魂飛魄散，臉白如紙。他哭着說：「我想走了，終身不敢再來了！」

郁離子說：「世事亦若是也！」

世事就是這樣！人生就是這樣！

天有不測風雲，人有旦夕禍福。一個幸福美滿的家庭，可以遭逢戰爭、天災、瘟疫、疾病、意外而面臨死亡、傷殘、離散、酷刑、牢獄、饑餓、破產……種種折磨、摧殘。人生說短不短，遙遙百年，什麼事都可能發生。

有句話說：「幸福不是必然的。」當我們幸福時要知道感恩，同時要有危機感，識災難於初起，懂得趨吉避凶。當災禍終於來臨時，要懂得鎮靜面對，在夾縫中為家人求生存。不是每個人都有挽救蒼生的能力，保護好家人已盡了本分。

歷史人物

歲寒，然後知松柏之後凋也

武王伐紂，歷史公認是一場革命。因為商紂是殘酷的暴君。

那年西伯昌（姬昌，為西方諸侯之長）亡故，他的兒子姬發率領軍隊，載着父親的靈牌，號亡父為文王，東征伐紂，氣勢甚壯。

兵至半途，突然有兩人攔路進諫。自表身分，是小國孤竹的兩位太子，伯夷和叔齊。孤竹君想立叔齊繼位，他死後叔齊卻要讓位給哥哥伯夷。伯夷說父命不可違，逃去。叔齊也跟着逃去，兩人在境外會合，聽說西伯昌行仁政，決定投奔於他。路上得知西伯昌去世的消息，還遇上姬發伐紂的軍隊。

他們對姬發說：「父死不葬，發兵打仗，是孝順麼？以臣弒君，算是仁麼？」

聽聞這樣衝撞的話，左右有人想將他們打殺。這時國師姜望（姜太公）為他們求情說：「此義人也，放他們走。」

姬發伐紂成功，天下歸周，登位為武王。

伯夷和叔齊恥食周朝的糧食，隱居首陽山，採野菜（薇）充饑，終於餓死。

拿今天的觀點看來，或許認為伯夷和叔齊是愚忠，但姜太公、孔子、對他們的行為都表示尊重，人各有志，各行其是。寫《伯夷列傳》的司馬遷更引孔子《論語》上的話說：「歲寒，然後知松柏之後凋也。」又說：「舉世混濁，清士乃見。」在艱困環境下堅持個人節操的精神是值得尊重的。

司馬遷 ｜ 西漢史學家、文學家，著《史記》。

知與不知，忘與不忘

信陵君經多番周折，排除萬難，打敗秦軍，保存了趙國。趙王親自到郊外迎接信陵君。謀士唐且對信陵君說：

「我聽人說，事情有不能讓人知道的，也有不能不知道的；有不能忘記的，也有不能不忘記的。」(事有不可知者，有不可不知者;有不可忘者，有不可不忘者。)

信陵君說，你這話是什麼意思？

唐且說：別人憎恨我，我不能不知道；你憎恨別人，不能讓人家知道。別人對自己有恩惠，不能忘記；我對別人有恩惠，不可不忘記。如今你對趙國有很大恩惠，趙王親自到郊外迎接你，希望你盡快忘掉救趙的事。

信陵君說：「我敬遵您的教誨。」

唐且的教誨的確值得讚美，施恩而有一種氣焰，只會使人反感，使感激之情大打折扣；忘掉給人家的恩惠，平等相待，感激之情更為久遠。

讓我們離開這段歷史來回答唐且的問題。

事情有不能讓人知道的：別人的私隱，公司的內部策略，國家的機密，家人的傷心往事，前愛侶與你之間的私密，個人的軟肋。

不能不知道的事：誰是敵人誰是朋友，違反法律的後果，個人的健康狀況，自己的長處和短處，自己在別人心目中的印象。

不能忘記的事：生活的責任，嚴重的錯誤，失敗的教訓，對別人的虧欠，對別人的承諾，人生的大方向，各項工作的初心。

不能不忘記的事：給予別人的恩惠，感情受到的傷害，風流往事，父母的錯誤，兄弟姐妹的爭執，配偶的差錯，欠人的遠年債項，事過情遷的政見爭拗。

信陵君 | 魏無忌的封號，戰國魏人。戰國四大公子（孟嘗君、平原君、信陵君、春申君）之一。

唐且 | 亦作唐雎，戰國魏人，信陵君的門客。

東門黃犬

《史記‧李斯列傳》載秦二世時李斯被趙高陷害，說他與造反的陳勝、吳廣勾結，意圖不軌。李斯獄中上書自辯，被趙高扣下。不堪酷刑，被迫認罪。判腰斬，誅三族。

《史記》說李斯行刑前對他的中子說：「吾欲與若復牽黃犬俱出上蔡東門逐狡兔，豈可得乎！」遂父子相哭，而夷三族。

阿濃評曰：李斯當然是個能人，身兼政治家、文學家、書法家。政論文章如《諫逐客書》，至今視為範文；書法如《泰山刻石》、《會稽刻石》等仍傳世。他在政治上的表現影響巨大，扶佐秦王嬴政一統天下。車同軌，書同文，以郡縣制代替分封制。也包括受後世詬病的禁私學、焚詩書。

鑄成大錯來自一次邪惡的合作。始皇出巡，中途駕崩，李斯與殘暴無能的世子胡亥、奸佞小人趙高合作，隱瞞死訊，賜死長子扶蘇、將軍蒙恬，冊立胡亥繼位。後來趙高為獨攬大權，誣陷李斯，造成悲慘下場，可算咎由自取。

李斯回首前塵，後悔莫及，對兒子歎息說：「如今我想跟你帶着獵狗，一同從上蔡的東門出郊野去追逐狡兔，再也沒有機會了。」

當日的平常樂事，在噩運來臨時才知道其可貴。多少身在囹圄者會懷念跟老婆仔女踢着拖鞋去夜市打冷宵夜。

李斯 ｜ 秦大臣，政治家、文學家、書法家。

晚食當肉，安步當車

西漢劉向在《戰國策》上記載的一段史實：

齊宣王聽說一位叫顏斶（音觸）的隱士很有學問，在一輪語言交鋒後，宣王願意以他為師，請他留下，保證吃有肉，出有車，夫人和子女都有華美的衣服。

顏斶卻說這會使他迷失本性，喪失自我，他寧願返回家鄉，每天晚點吃飯，肚子餓了，食物就會像肉般美味（晚食以當肉）；要到那裏去，就安安穩穩地步行前往，無須坐車（安步以當車）；不做違法的事，身分自然高貴（無罪以當貴）；過清靜無為、潔身自好的日子，樂在其中（清靜貞正以自虞（娛））。說完拜別而去。

這故事造成兩個成語：晚食當肉，安步當車。

這的確是健康之道。等有餓意才吃飯，不但胃口好，蔬菜也像肉食般美味。多步行，代替乘車，是一種良好的運動。如果樓層不太高，步行上下樓梯也比乘電梯好。

不做違法犯紀的事，光明磊落，堂堂正正，跟任何身分高貴的人並無分別。所以說「無罪以當貴」。

仿效這種造句法，我試做幾個：

陪伴以當孝：老人健康欠佳，社交活動減少，難免寂寞。子女不但要使他們衣食無缺，還要多陪伴他們，讓他們不孤單，不畏懼，不無助。

關懷以當愛：夫妻間，朋友間，感情不會是長久的熱烈。關心對方的健康，關心對方的煩惱，聆聽、開解，助以一臂之力，這就是細水長流之愛。

健體以當衣：身體健康，不怕冷，可以少穿衣服，而且穿什麼都好看。

劉向 | 西漢文學家、經學家。著有《列女傳》、《說苑》編訂《戰國策》。

彼可取而代也？

項籍即項羽，也算是世家子弟，少年時就跟着叔父項梁過日子。先是讓他讀書寫字，學無所成；再讓他學劍術，又不成；項梁生氣責備他，他回嘴說：「讀書寫字不過用來記姓名；劍術只能制服個人，有什麼了不起！要學就學萬人敵。」於是項梁答應教他兵法，他十分高興，但略知皮毛之後又表現懶散。

秦始皇三十七年出巡會稽，渡浙江，那陣容之盛，氣象之恢弘，看得路旁的項籍目眩神搖，脫口而出說：「彼可取而代也。」嚇得項梁連忙掩住他的嘴說：「別胡說，是滅族的大罪！」後來項籍能取代始皇嗎？他的武力的確曾盛極一時，對滅秦應居首功，但他沒有做帝皇的胸襟和謀略，看他攻入咸陽後，殺投降了的秦三世子嬰，焚毀了宮室，搶奪了珠寶，擄掠了婦女，向東方而去，想回鄉威威，說：「富貴不歸故鄉，如衣繡夜行。」表現都是草莽流寇所為。

最後他兵敗垓下，來到烏江邊，有亭長要載他東渡，他說：「天之亡我，我何渡為！且籍與江東子弟八千人渡江而西，今無一人還，縱江東父兄憐而王我，我何面目見之？」最後自刎而死。

項籍在歷史上的地位和影響，最後終未能代替始皇。

雖說世上無人是不可代替的，但代替的是不是你卻有很大的疑問。把自己做到最好，並且培育後進，讓更多的人可以代替自己，才是正途。

非戰之罪？

司馬遷《史記》有《項羽本紀》述項羽自起事累積戰功為項王，最後兵敗自刎的經過。其中引述了他在不同階段說的幾句話：

少時，學書不成，去；學劍，又不成，項梁（叔父）怒之。項羽說：「書足以記名姓而已。劍一人敵，不足學，學萬人敵。」結果只從叔父處學到少許，沒有畢業。

項羽善戰，威震楚國，名聞諸侯，為諸侯上將軍，全隸屬於他。引兵西屠咸陽，殺秦降王子嬰，燒秦宮室，火三月不滅。一片敗垣殘瓦，思欲東歸。他說：「富貴不歸故鄉，如衣繡夜行，誰知之者！」

至兵敗垓下，四面楚歌，帶八百壯士突圍，在漢軍五千騎追趕下剩二十八騎。他對他們說：「吾起兵至今八歲矣，身七十餘戰，所當者破，所擊者服，未嘗敗北，遂霸有天下。然卒困於此，此天之亡我，非戰之罪也。」

項羽來到烏江邊，有亭長想渡他過江，他笑說：「我與江東子弟八千人渡江而西，今無一人還，縱江東父老憐而王我，我何面目見之？」

司馬遷總結項羽一生云：「……自矜攻伐，奮其私智而不師古，謂霸王之業，欲以力征經營天下，五年卒亡其國，身死東城，尚不覺寤而不自責，過矣。乃引『天亡我，非用兵之罪也』豈不謬哉！」

司馬遷指出項羽失敗的主因是迷信武力，沒有從歷史吸取教訓。阿濃則從他的說話中看到他是一個虛榮心重的人，學習成績差，就說那些東西不值得學。功成名就了，就想回鄉炫耀，失敗了就沒臉見江東父老。而打敗仗說是非戰之罪，只是上天的安排。一代霸主，有他幼稚的一面。

分一杯羹

《史記‧項羽本記》上的故事

「這是一種溢利豐厚的新興企業，不少財團都想分一杯羹。」

「分一杯羹」分享利益的意思。說者不一定知道這「羹」是人肉製成。

秦末羣雄並起，其中兩股最大勢力劉邦和項羽，他們爭城掠地，互有勝負。最後兩軍於廣武相對峙。廣武有東西兩城，隔澗相望，劉邦佔西，項羽據東，數月難分上下。項羽糧餉開始短絀。

劉邦的父親劉太公原居沛郡豐縣，屬項佔區。太公一家被擄。項羽把太公放在高高的砧板上，傳話劉邦說：「今不急下，吾烹太公。」

阿濃評曰：擄人勒索，下三欄的卑污手段。說劉邦如不快快投降，將拿他的老爸下鍋做菜。這種人質政治鬥爭手法至今仍有發生。但看劉邦如何應對？

劉邦說，當年我們一同受命懷王，相約為兄弟，因此我爸即你爸，你如一定要拿「你」爸來做菜，「則幸分我一杯羹。」(希望你給我一碗肉羹分享)

阿濃評曰，好一個劉邦，爛仔對爛仔，無賴對無賴，心理戰，你「大」我，我「大」返你。

項羽見勒索不遂，十分憤怒，本想殺了太公。他叔父項伯勸阻說：「天下事未可知（確如此），且為天下者不顧家（項羽應有同感），雖殺之無益，只益禍耳。(利害相比較)」項羽聽勸。

後來劉、項談和以鴻溝為界，東為楚，西為漢。如今象棋棋盤上有「楚河漢界」字樣，由這段歷史而來。

和談既成，項羽歸還了劉邦的父母妻子。太公沒有成為肉羹，實在幸運。

固一世之雄也

實在是一代的英雄啊！下一句卻來一個反轉：「而今安在哉？」出自蘇軾名篇《赤壁賦》。（「固一世之雄也，而今安在哉？」）

壬戌之秋，七月既望（公元 1082 年 7 月 16 日），蘇軾跟幾個朋友坐船遊赤壁。這是三國古戰場。（或說蘇軾弄錯了地方）其中一位客人吹起洞簫來，吹得如怨如慕，如泣如訴。聽得蘇軾愀然不樂，問客人為什麼如此悲傷？客人回答說：「當曹操出兵征吳時，破荊州，下江陵，順流而東也，舳艫千里，旌旗蔽空，釃酒臨江，橫槊賦詩，固一世之雄也，而今安在哉？」隨即想到人生短促，「哀吾生之須臾，羨長江之無窮。」就不禁悲傷起來。

這種人生短暫，霸業成空的慨歎，常見於詩歌和故事中。

如張宰相家跟葉秀才為牆基爭地界打官司，在京的宰相以詩通知管家：

千里修書只為牆，讓他三尺又何妨。

萬里長城今猶在，不見當年秦始皇。

更出名的是《三國演義》開場詩，楊慎的《臨江仙》：

滾滾長江東逝水，浪花淘盡英雄。

是非成敗轉頭空，青山依舊在，幾度夕陽紅。

白髮漁樵江渚上，慣看秋月春風。

一壺濁酒喜相逢，古今多少事，都付笑談中。

青山依舊在，而滾滾長江淘盡了英雄。蘇軾對這種無奈並無確實解答，只是說：天地之間，物各有主。苟非吾之所有，雖壹毫而莫取。惟江上之清風，與山間之明月，耳得之而為聲，目遇之而成色。取之無禁，用之不竭。是造物者之無盡藏也，而吾與子之所共適。大家莫貪取，且享受取之無禁，用之不竭的大自然恩賜。

覆巢之下

記載在《世說新語》上的孔家故事

孔融獲罪被捕，已知是死刑。朝廷內外都很震驚。當使者上門時，兩個孩子一個 8 歲，一個 9 歲，正在玩一種叫琢釘的遊戲，兩人一點害怕的樣子也沒有。

孔融對使者說：「犯罪的是我，希望放過孩子。」

孩子們平靜地走前對父親說：「大人豈見覆巢之下，復有完卵乎？」

不久，奉命捉拿孩子的使者也到了。

阿濃評曰：下令殺孔融的是曹操，孔融恃才傲物，在文化界有崇高地位，位居建安七子之首。任北海太守時，常聚集一班風雅之士在官府高談闊論，自詡「座上客常滿，樽中酒不空」，不把曹家朝廷看在眼內。

曹操以收成不好、民生唯艱為由，下令禁酒。孔融卻上書以古代聖君為例，說酒跟祭祀有關，禮不可廢。

曹操又收到線報說孔融私下見東吳孫權的使者時，對朝廷有不少毀謗的說話，這是判死的大罪。大凡統治者要不馴服者害怕，除殺以外還定下種種酷刑：凌遲、腰斬、車裂和「族」，「族」是連其親人一併誅殺，共達九族甚至十族之多。除恐嚇外，也是斬草除根，免其後代報復。

但孔融兩個孩子的鎮靜從容，正說明了這種圖謀的失敗。可惜歷史竟沒有留下兩個孩子的名字。(一說大的叫孔懷谷，小的叫孔懷玉。)

五　現代人物

悲欣交集

一代高僧、大藝術家弘一法師李叔同，於 1942 年 10 月 13 日（農曆九月初四）圓寂。

他填的《送別》歌詞：「長亭外，古道邊，芳草碧連天……」不止一位朋友用作辭靈歌曲。

他去世前曾手寫兩份遺囑給夏丏尊和劉質平：

「朽人已於九月初四日遷化。曾賦二偈，附錄於後：

君子之交，其淡如水。執象而求，咫尺千里。

問余何適，廓爾亡言。華枝春滿，天心月圓。」

有人以為弘一預知自己亡故之期，其實遺書上的「九」和「初四」是用紅筆寫的，可能由奉命寄出遺囑的性常法師於預留空白處事後填寫。

「華枝春滿，天心月圓。」是他對生命的豐盛美滿作一總結。

弘一除預寫的遺囑外還有絕筆「悲欣交集」四字。他的弟子豐子愷有這樣的理解：「與娑婆世界離別是悲，往生西方是欣。」

其實這四個字弘一不是第一次用，他出家落髮後好友馬一浮送他兩本佛教書籍，他「披玩周玩，悲欣交集」（見弘一《四分律比丘戒相表記》）。兩本書的內容也能使他既悲且喜。

我等凡子，到了這個隨時可去的年齡，回顧一生「多可喜亦多可悲」（見歸有光《項脊軒志》），不也是「悲欣交集」麼？

作為父親

曾經擁有一副魯迅手書對聯的複製品：

橫眉冷對千夫指，俯首甘為孺子牛。

這孺子應包括他唯一的兒子海嬰。海嬰於 1929 年 9 月生於上海，因此取名海嬰。魯迅時為 48 歲。根據海嬰母親許廣平的記述，魯迅很愛海嬰：

「他更是一個好父親。每天工作，他搬到樓下去，把客堂的會客所改為書房，在工作的時候他可以靜心，更可以免得在小孩跟前輕手輕腳，不自如，和怕用烟薰了小孩不好。但一到夜裏十二時，他必然上樓，自動地擔任到二時的值班。

「最怕的是小孩子生病，在日記裏，不是時常提起海嬰的病嗎？遇到了真使他幾乎『眠食俱廢』，至少也得坐立不安，精神格外興奮。後來小孩大到幾歲，也還是如此。除了自己帶着看醫生之外，白天，小孩病了，一定多放在我們旁邊，到了夜裏，才交給傭人照應，一定也由我們不時到她們卧室去打聽。小孩有些咳嗽，不管在另一間房子或另一層樓，最先聽到的是他。」

朋友知道他如此疼愛孩子，也曾譏嘲他，他寫了一首《答客誚》回應：

無情未必真豪傑，憐子如何不丈夫，

知否興風狂嘯者，回眸時看小於菟。

興風狂嘯者是老虎，小於菟是小老虎，「於菟」讀「烏徒」。「回眸時看」：關切地回望。

魯迅寫過一篇長文《我們現在怎樣做父親》，提出對下一代一要理解，二要指導，三要解放。其中有一段話被引用最多：

（做父母的）「自己背着因襲的重擔，肩住了黑暗的閘門，放他們到寬闊光明的地方去；此後幸福的度日，合理的做人。」

講真話

巴金語錄：

「只要一息尚存，我還有感受，還能思考，還有是非觀念，就要講話。為了證明人還活着，我也要講話。講什麼？還是講真話。」

「我所謂『講真話』，不過是把心交給讀者，講自己心裏的話，講自己思考過的話。我從未說，也不想說，我的『真話』就是『真理』。」

就因為在惡劣的處境下，他也曾說了一些假話、錯話，所以在環境許可時，他要努力說真話，視為一種責任和補償。

他說：「哪怕是給鋪上千萬朵鮮花，謊言也不會變成真理。這樣一個淺顯的道理，我為它卻花費了很長的時間，付出了很高的代價。人只有講真話，才能夠認真地活下去。」

即使在病中，他也沒有停止書寫。他家有一個太陽間，靠窗放着一架縫紉機，他找出一疊稿紙，就在縫紉機上開始寫。起初每天只能勉強寫一百字光景，後來可以寫兩三個小時，五本《隨想錄》:《隨想錄》、《探索集》、《真話集》、《病中集》、《無題集》就是這樣寫成的，引起很大的迴響。

讓我們重溫巴金寫作的初衷：

「怎樣做人，怎樣做一個好人？我幾十年來探索的就是這個問題。」

「對作家的要求：你們把人們的心拉攏了，讓人們互相理解，你們就是在寒天送炭，在痛苦中送安慰的人。」

巴金 ｜ 原名李堯棠，字芾甘。作家，著有《家》、《春》、《秋》、《寒夜》、《憩園》及《隨想錄》等。

海的女兒

冰心語錄：「我願大家都像海，既虛懷又廣博。」

一個人修養廣博，仍能虛懷，最是難得。須知愈是虛懷愈增廣博。

冰心對海的感情，應源自她父親謝葆璋，畢業於北洋水師學堂，歷任海軍軍官。

冰心許多作品中都有大海，她於 1903 至 1911 年在烟台的大海邊度過童年，留下對海永遠的眷戀：

「大海呀，哪一顆星沒有光？那一朵花沒有香？那一次我的思潮裏沒有你波濤的清響？」

香港小學生讀過她的《紙船》，在感受到她對母親的愛之外，也對那傳送愛的大海留下印象。

紙船——寄母親

我從不肯妄棄了一張紙，

總是留着留着，

疊成一隻一隻很小的船兒，

從舟上拋下在海裏。

有的被天風吹捲到舟中的窗裏，

有的被海浪打濕，沾在船頭上。

我仍是不灰心的每天的疊着，

總希望有一隻能流到我要他到的地方去。

母親，倘若你夢中看見一隻很小的白船兒，

不要驚訝他無端入夢。

這是你至愛的女兒含着淚疊的，

萬水千山，求他載着她的愛和悲哀歸去。

冰心甚至想像死後舉行海葬：

「何如腳兒赤着，髮兒鬆鬆的挽着，軀殼用縞白的青綃裹着，放在一個空明瑩徹的水晶棺裏，用紗燈和音樂，一葉扁舟，月白風清之夜，將這棺兒送到海，在一片輓歌聲中，輕輕的繫下，葬在海波深處。」

在冰心葬禮的告別室中，迴盪着震人肺腑的海濤聲，由她的外孫陳鋼（《梁祝》作曲人之一）精選的光盤播出。

陳鋼說：「大海是蒼天之淚的匯聚，讓佔世界十分之七的大海的濤聲伴外婆走完最後一程吧。」

冰心 ｜ 原名謝婉瑩，作家，著有通訊《寄小讀者》，新詩《繁星》、《春水》等。

多面手

多面手徐訏樣樣都能寫，小說的讀者最多，《風蕭蕭》、《鬼戀》都暢銷。他的新詩，林語堂也讚賞。他的雜文閃耀着他對世事剖析的智慧。

他有一套書名之為《三邊文學》，即《街邊文學》、《門邊文學》和《場邊文學》。

光是「街邊文學」就有不少句子得我心：

「我常說死能使貧富貴賤平等，老能使美人與常人平等。」

「最使我羡慕的不是權勢，不是財富，而是青春。是青春！」

每日看世界新聞，以哈、俄烏，在現代先進武器下，死傷枕藉，哀鴻遍野，就想到他說的這一句：

「人類羣居的歷史已不算短，而謀共存的能力仍如此微弱，這不能不說是人類最大的恥辱。」

看看二戰後世界主要國家簽署的《世界人權宣言》第一條：

「人皆生而自由；在尊嚴及權利上均各平等。人各賦有理性良知，誠應和睦相處，情同手足。」

「和睦相處，情同手足」之不能實踐，就因為缺乏理性和良知，徐訏的時代如此，徐訏離世 45 年後並無寸進。確是人類最大的恥辱。

徐訏在《陳腔濫調》中引用一位醫生的話，說來求診的 10 個病人中，有 5 個不看醫生自己也會好；有 3 個隨便看什麼醫生都會好；其中可能有一個看誰都不會好，只有一個病人，或者，可能算是他看好的。

他聯想到寫作，他覺得 10 篇之中至少有 5 篇可寫可不寫，其中 3 篇誰寫都一樣，可能有一篇誰也寫不好，只有一篇或者可能是需要他而只有他寫得出的。

他的一位朋友聽了説，他每天看的文章10篇中至少有6篇在説別人説過的話，有3篇是同時間大家都在説的話，只有一篇也許還值得讀一遍的文章。對於經常在專欄發表文字的作者來説，檢視一下自己所説的，會不會汗顏？

徐訏 | 作家、詩人。作品有《風蕭蕭》、《鬼戀》等。

歌唱人生

台灣作家杏林子，12 歲那年患上類風濕關節炎，全身百分之九十的關節壞死，持續不斷的疼痛，沒有妨礙她艱難地執筆，唱出她的生命之歌。

她的散文集《生之歌》，感動了無數年輕人，在困難中獲得奮戰的力量。在序言中她說：

「野地上的小花自開自在，從不因為長的不如玫瑰嬌豔、蘭花幽雅，就否定了他們生存的權利。

「樹林裏的野雀自鳴自唱，也絕不因為唱的不如畫眉婉轉，黃鶯悅耳就放棄了他們生活的樂趣。

「不論人生的曲調是長是短，是憂是喜，或艱澀或流暢，都是一首莊嚴的歌。」

杏林子不只把歌唱當作比喻，也是她生活的真實，她說：

「每當我心情苦悶、煩愁、疲乏憂傷的時候，我就唱歌。雖然開始的時候，心情是苦澀的，聲音是瘖啞的，慢慢地，我感到心中像是有一道泉水流出來，活潑輕暢，一切的鬱悶都一洗而空。

唱吧，朋友！唱出我們的憂傷，也唱出我們的喜樂。人生的道路本多艱險阻難，與其沮喪着臉，無精打彩走，何不挺起胸，唱着歌兒前進呢！」

阿濃清晨散步時，也會邊唱邊走。台灣的《愛拚才會贏》，我喜歡「三分天注定，七分靠打拚，愛拚才會贏。」粵語版《勝利雙手創》更適合我唱：

作詞：梁立人　　作曲：陳百潭

唔願信命前生早注定

離愁夢裏仍思家鄉

要將今生改變　共你牽手風雨行

伴你一生一世　不悔情義長

前路那怕是掀起萬丈浪　挺起胸往前勇闖

敢愛敢恨　死挨死慳　膽粗氣壯

從未怨過命　一生都打拚

我是潮州郎

最後一句你可以改唱：「我是少年郎！」

杏林子｜劉俠的筆名，台灣作家，患類風濕關節炎，寫勵志小品不輟。

閒愁幾許

覺今是而昨非

我陶淵明家裏窮，孩子又多，米缸裏沒米，吃一頓沒一頓。叔父對我十分同情，他是有辦法之人，舉薦我去離家不遠的彭澤做個小小縣令。

縣令的待遇是百畝公田，我說好呀，可以種小米造酒。妻說都造了酒我們吃什麼？結果我讓步，一半種小米，一半種吃飯的糧食。

縣衙裏盡是些瑣碎無聊的事情，我開始懷疑我做縣令的決定。正在這時候我收到督郵將來視察的通知，此人我聽說是個不學無術之人，憑藉小小權勢，頤指氣使。文書提醒我要束帶相見，我想：「吾不能為五斗米折腰，拳拳事鄉里小人！」

我把官印和袍冠高掛在大堂之上，像被釋放的籠中鳥，回歸自由的天地。我難掩喜悅，寫了五首《歸園田居》，第一首是：

少無適俗韻，性本愛丘山。誤落塵網中，一去三十年。

羈鳥戀舊林，池魚思故淵。開荒南野際，守拙歸園田。

方宅十餘畝，草屋八九間。榆柳蔭後園，桃李羅堂前。

曖曖遠人村，依依墟里煙。狗吠深巷中，雞鳴桑樹巔。

户庭無塵雜，虛室有餘閑。久在樊籠裏，復得返自然。

又寫了一篇《歸去來辭》，我喜歡的句子有：

悟已往之不諫，(過去的事沒法糾正)知來者之可追。

實迷途其未遠，覺今是而昨非。

園日涉以成趣，門雖設而常關。

寓形宇內復幾時，曷不委心任去留？(我不知還有多少時間留存世間，何不任由我心所向去走我的前路呢？)

我慶幸自己做了正確的選擇，今後會向農夫們學習，努力耕耘，相信可以與家人獲得溫飽的生活，飲酒吟詩，享受上天給我的恩賜。

掬水月在手

導演陳傳興拍攝了一部文學紀錄片《掬水月在手》，描寫詩詞大家葉嘉瑩的生平，幸而能在她生前上映。

片名這句詩來自唐代詩人于良史的《春山夜月》：

春山多勝事，賞玩夜忘歸。

掬水月在手，弄花香滿衣。

興來無遠近，欲去惜芳菲。

南望鳴鐘處，樓台深翠微。

頭兩句是引子，已點出了季節：春，地點：山中，時間：夜，活動：賞玩勝事，結果：忘歸。之後便要細細道來。三四兩句便是賞玩的具體內容，也是全詩最佳美的地方。從山泉掬水在手，水中有明月的影子，晶瑩閃耀，月亮也在我手中了。（說不定他還會掬水而飲，冷冽的泉水直下胸臆，他把月亮也吞下去了。）他玩弄路旁的山花，採它、瞧它、嗅它、搓揉它、插在鬢旁、藏在袖裏，連衣服上都沾滿香氣。

遊興愈濃，入山愈深，也不知走多遠了。該回去了吧？怎捨得此間美好的一切？忽然傳來一聲聲渺茫的鐘響，它應來自南方藍綠深處的樓台。這樣靜美的夜，這樣愜意的獨處，這樣帶童真的遊戲，造就了詩人寫出平生最好的一首詩。

《全唐詩》卷 275 收了于良史的七首作品，這是唯一被傳誦的。

西出陽關無故人

不論是中秋還是重陽，清明還是冬至，甚至聖誕、情人節，也不論親人在遠方還是天國，不論你正跟一班朋友在月下歡聚，還是孤身一人在寂寞的大學宿舍，你都可能想起一句詩：「每逢佳節倍思親。」雖然本是為重陽而寫：

《九月九日憶山東兄弟》

獨在異鄉為異客，
每逢佳節倍思親。
遙知兄弟登高處，
遍插茱萸少一人。

詩的作者是唐詩人王維。

你在異鄉多年，故鄉是小地方，那裏有你的兒時玩伴，有你的啟蒙學校，有你的叔伯親戚，有你玩樂之地，有當年購物的老店，他們都曾在你夢中出現。忽然有朋自故鄉來，兩句詩在你心中出現：「君自故鄉來，應知故鄉事。」詩人又是王維。

《雜詩三首・其二》

君自故鄉來，應知故鄉事。

來日綺窗前，寒梅着花未？

或許你也想知道村口那棵老榕還在否？曾經因為瘧疾躲進去避瘧鬼的城隍廟還有沒有香火？朋友移民，定居某國小城，並無親友在彼，貪其房價便宜，可安度晚年。你設宴為他餞行，舉杯祝他未來生活如意，兩句詩來到嘴邊：「勸君更盡一杯酒，西出陽關無故人。」又是王維：

《渭城曲／送元二使安西》

渭城朝雨浥輕塵，客舍青青柳色新。

勸君更盡一杯酒，西出陽關無故人。

至今仍時常在音樂演唱會上聽到《陽關三疊》，重複吟唱，別情無限，王維呀王維，我們躲不開你！

王維 ｜ 字摩詰，唐詩人兼畫家。

詩人與美女

作為詩人對於美一定是欣賞的，其中當然少不了美人，李白並無例外。其奉命之作《清平調》三首，形容太真妃，有句云：

雲想衣裳花想容，春風拂檻露華濃。
若非羣玉山頭見，會向瑤台月下逢。
一枝穠豔露凝香，雲雨巫山枉斷腸。
借問漢宮誰得似，可憐飛燕倚新妝。

寫得自是不俗，以技術取勝，卻也難免有擦鞋之嫌。

他個人欣賞的美女，有浣紗石上女：

玉面耶溪女，青娥紅粉妝。
一雙金齒屐，兩足白如霜。

除了欣賞女子的化妝外，還愛看她雪白的腳。在《子夜吳歌》中，春夏秋冬都有美女。《秋歌》寫女子們在溪中「搗衣」，當然也看到那赤裸的手臂、小腿和腳。但最吸引李白的該是《陌上贈美人》中的豪放女子：

駿馬驕行踏落花，垂鞭直拂五雲車。

美人一笑褰珠箔，遙指紅樓是妾家。

（褰珠箔：掀開珠簾。）

帥哥，前面紅色那棟小樓就是我家，想上來喝杯茶嗎？就算是現代，這樣的女子也不多見，詩人能不心動麼？

李白 ｜ 字太白，自號青蓮居士，唐大詩人，有詩仙之稱。與杜甫合稱李杜。

此時此夜難為情

香港最多人會背的一首古詩：李白的《靜夜思》：

牀前明月光，疑是地上霜。舉頭望明（或作山）月，低頭思故鄉。

電影或電視劇裏一叫孩子背詩，就是這首。好像編劇先生也只知道這首。

其實在李白的詩裏，我覺得這首並不怎麼樣，雖然應景，但太直白了些。我覺得李白的另一首就比這首好多了，題目很特別：《三五七言》。

秋風清，秋月明。落葉聚還散，寒鴉棲復驚。相思相見知何日，此時此夜難為情。

詩題是根據形式定的，包括兩個三字句，兩個五字句，兩個七字句，有點像詞。這已是一種突破。朗誦起來也有變化。頭四句寫秋夜景色，風清月明的大環境，再加動感，樹葉被風吹得聚聚散散，寒鴉被冷風和明暗不定的月光驚擾得不安寧，叫喚幾聲又再睡了。這番景致比《靜夜思》細緻豐富多了。

跟着寫感受：想念一個人，隔別久了，又路途遙遠，不知何日才能相見。這樣的夜晚，這樣的時刻，心中的惆悵真不知怎樣表達（「難為情」不是解作「唔好意思」）。不知怎樣表達正是一種表達，一種含蓄的表達，提供想像空間。你說這首比《靜夜思》是不是更有味道呢？

讓我們多讀一首李白吟月的詩吧，《玉階怨》：

玉階生白露，夜久侵羅襪。卻下水晶簾，玲瓏望秋月。

寫一女子在夜涼時仍不捨月色，要躲到屋裏去看，意境甚佳。

長使英雄淚滿襟

詩人來到古人遺蹤之前，憑弔一番，念及他們生前建樹和遭遇，自有一番感慨，發而為詩，這樣的作品還真不少。

最多人記誦的可能是杜甫的《蜀相》，寫他在諸葛武侯祠前所感：

丞相祠堂何處尋，錦官城外柏森森。
映階碧草自春色，隔葉黃鸝空好音。
三顧頻煩天下計，兩朝開濟老臣心。
出師未捷身先死，長使英雄淚滿襟。

八句五十六字，寫了地點、環境、歷史和悲哀。「映階碧草自春色」無人欣賞；「隔葉黃鸝空好音」乏人聽聞，傳達了一種寂寞氣息！「三顧」和「兩朝」二句高度概括了諸葛一生。而最後的「出師未捷身先死，長使英雄淚滿襟」，不但是諸葛的悲哀，也是所有有志社稷的失敗者的悲哀。

比起大詩人李白的荒坵，諸葛祠堂還算有氣派得多。白居易經過采石磯，看到李白的荒墳，那悲情是更深的：

采石江邊李白墳，繞田無限草連雲。
可憐荒壟窮泉骨，曾有驚天動地文。
但是詩人多薄命，就中淪落不過君。

「荒壟窮泉骨」與「驚天動地文」起了一個巨大而慘酷的對比。最後的結句比《蜀相》更為沉重。

到了今日，古人遺蹤、遺跡與旅遊相結合，成為賺遊客錢的地方。人煙雜沓，甚至烏煙瘴氣，詩人是否就不寂寞了呢？

杜甫 ｜ 字子美，號少陵野老，因官職又稱杜工部，唐現實主義偉大詩人，有詩聖之稱。與李白並稱李杜。

即從巴峽穿巫峽

錢鍾書《談藝錄》說有種句法「創於少陵（杜甫）」，首見《聞官軍收河南河北》：即從巴峽穿巫峽，便下襄陽下洛陽。

這對句的特點是上下句各有兩個詞是有一字相同的。如「巴峽」「巫峽」，「襄陽」「洛陽」。

錢鍾書跟着舉了不同作者的六十多個例子，我不知道是出自他的博聞強記，還是花許多時間去翻書找到的？我在這六十多個對句中選一些我喜歡的給大家欣賞：

「桃花細逐楊花落，黃鳥時兼白鳥飛。」(杜甫)

「縱使有花兼有月，可堪無酒又無人。」(李商隱)

「莫憂世事兼身事，須著人間比夢間。」(韓愈)

「今日心情如往日，秋風氣味似春風。」(白居易)

「東澗水流西澗水，南山雲起北山雲。」(白居易)

「前臺花發後臺見，上界鐘聲下界聞。」(白居易)

「依稀似笑還非笑，彷彿聞香不是香。」(元稹)

「人間後事悲前事，鏡裏今年老去年。」(郭鄖)

「沉憂萬種與千種，行樂十分無一分。」(高駢)

「題詩朝憶復暮憶，見月上弦還下弦。」(陸龜蒙)

「流年看老怕將老，百歲求安未得安。」(褚載)

「能休塵境為真境，未了僧家是俗家。」(邵堯夫)

其中五、六兩對同時出自《寄韜光禪師》，更是難得。

錢鍾書 | 現代學者，作家，字默存。作品有《圍城》、《管錐篇》、《談藝錄》等。

夜淚如真珠

白居易的《琵琶行》膾炙人口，那江上琵琶聲因此千年後仍在江上彈撥着，而那千呼萬喚始出來，猶抱琵琶半遮面的商人婦的身世，曾使詩人泣下，也令讀者同情。

可是在此之前，詩人寫過另一首詩，記載同樣是在潯陽江上的一個夜晚，他聽一個女子唱歌。情景是這樣的：

一個月色澄澈的秋夜，白居易的船停在鸚鵡洲旁。忽然聽到一陣幽怨的歌聲從鄰船發出。白居易深深感受到其中的悲哀，悄悄地坐在那裏，專心聆聽着。

歌聲停了，白居易又聽到哭泣的聲音，像是壓抑着，抽搐着。白居易走到船邊張望，月色下見一 17、18 歲女子，臉色像雪一般白。她獨自站立在桅杆下邊，臉上兩行清淚，像掛着兩顆珍珠。珍珠忽的掉下，連同其中反映的明月。

白居易朗聲問過去：「這位姑娘何事悲傷？下官乃江州司馬白居易。」

「小女子拜見白大人。」她俯身行禮了。

「姑娘芳名？聞姑娘歌聲哀怨，未知可有能效勞處？」

「不敢有勞大人，夜已深，風寒露重，請早安歇。」說時又見她撲簌簌灑下淚珠。她再行一禮，進船去了。

留下白居易望着天上明月，幽幽地吟起詩來：

夜泊鸚鵡洲，江月秋澄澈。鄰船有歌者，發詞堪愁絕。

歌罷繼以泣，泣聲通復咽。尋聲見其人，有婦顏如雪。

獨倚帆檣立，娉婷十七八。夜淚如真珠，雙雙墮明月。

借問誰家婦，歌泣何凄切。一問一沾襟，低眉終不說。

詩人無懼

唐代詩人中，白居易比李、杜更是我的男神。李白是天才詩人，但有點不食人間煙火。杜甫關心民間疾苦，但對朝廷的基調還是盡臣子的忠愛。白居易像杜甫一樣，做過拾遺言官，勇敢地盡他的言責。他是有壓力的，但沒有畏縮。

他在給好友元稹的信中曾經列舉：「凡聞僕《賀雨詩》，而眾口籍籍，已謂非宜矣；聞僕《哭孔戡詩》，眾面脉脉盡不悦矣；聞《秦中吟》，則權貴近者，相目而變色矣；聞《樂遊園》寄足下詩，則執政柄者扼腕矣；聞《宿紫閣村詩》，則握軍要者切齒矣……」

他把詩歌當作一把利劍，「不如持我決浮雲（比喻奸佞），毋令漫漫蔽白日（君王）。」冒着被對付的危險，寫下辛辣的諷刺。

在《杜陵叟》中他說：「剝我身上帛，奪我口中粟。虐人害物即豺狼，何必鉤爪鋸牙食人肉！」

在《重賦》中他說：「奪我身上暖，買爾眼前恩。進入瓊林庫，歲久化為塵。」

在《采地黃者》中他說：「顧易馬殘粟，救此苦飢腸。」

在紅線毯中說：「地不知寒人要暖，少奪人衣作地衣。」

在《采詩官》中他說：「君之堂兮千里遠，君之門兮九重閟；君耳唯聞堂上言，君眼不見門前事。貪吏害民無所忌，奸臣蔽君無所畏。」差不多直指君王是昏君了。

我想，不但詩人敢言，那年代的言論自由還是比較寬鬆的。

想你了，卻不能說

愛情本是美麗的、光明正大的事，古往今來為許多作家謳歌。可是愛情又具備一種私密，那怕是兒女的愛情，也不是一下子肯對父母說。

白居易《潛別離》詩寫的就是他本身經歷的一次暗戀之痛：

不得哭，潛別離。不得語，暗相思。兩心之外無人知。
深籠夜鎖獨棲鳥，利劍春斷連理枝。河水雖濁有清日，
烏頭雖黑有白時。惟有潛離與暗別，彼此甘心無後期。

網上有署名「落葉情懷」的寫了一首《我想你了，卻不能說》，共12節，是愛情詩，為何不能說，卻很朦朧。朦朧帶來想像空間，詩本應這樣。我欣賞其中4節。

第4節說：「想你了/我卻不能說/在你每天經過的路旁/我躲進人羣/看你慢慢走過。」看來非止不能說，

連見都有問題。

第 5 節說他只能在夢中呼喚她的名字，或者把它嵌入詩中。「你的名字 / 是我夢中最美的囈語 / 多少個無眠的夜啊 / 我把它嵌入詩行 / 獨自含淚吟哦。」

第 8 節是最顯露的表白：「每一次思念來潮 / 都似癡情的飛蛾 / 在強忍着燈火的誘惑。」

第 12 節作者終於寫出他不能說的緣故：「想你了 / 我卻不能說 / 因為我知道 / 不是每一個結局 / 都能完美如初。」原來作者已感受到對方的感情有了變化，他的表白只能獲得一次無情的宣判。不想打碎當初那完美的承諾，他唯有欺騙自己，保留一線希望，不對她說。

詩中有故事

唐朝詩人杜牧，就是寫「十年一覺揚州夢，贏得青樓薄倖名」那位。這「十年」，這「揚州」，這「青樓」，這「薄倖」，其中都應蘊藏許多故事，可惜杜牧不是小說家，沒有為我們寫下一本《十年揚州夢》。

但他有一首七絕，短短四句，已能讓我們領略一個故事的大概。題目是《留贈》：

舞靴應任閒人看，笑臉還須待我開。

不用鏡前空有淚，薔薇花謝即歸來。

「留贈」是把這首詩送給一個人，從詩的內容知道是一個女的，他們之間有一段情，女的正為離別愁眉不展，淚盈於睫。

女的應是一位舞蹈表演者，分別後會繼續她的表演工作。這是詩人無法改變的。詩人說：你靈巧的穿着舞靴的雙足，就由得他們觀看吧。他們是與你沒關係的「閒人」，可別假以辭色哦。

瞧你不開心的樣子，吃不下，睡不好，那就繼續鬱鬱吧，等我回來時你再開心地對我笑，笑得像一朵花，笑到我的心融化。

當你照鏡的時候，可能發現自已瘦了，憔悴了。別哭！哭的樣子不好看！哭什麼呢？我很快會回來的，記得薔薇花謝的時候，那是八九月吧，就是你見到我的時候。我要看到你好好的，比以前更好看，更使我着迷。

這就是四句詩包含的內容。杜牧有沒有踐諾回來，不見有另一首詩談及，以他薄倖的個性，大概答應了隨即忘了。只可憐那女孩信以為真，等薔薇開過幾年，還不見這大話精。

杜牧 ｜ 字牧之，唐詩人，人稱小杜。與李商隱合稱小李杜。

莫如雲易散

詞人晏幾道寫過八首《臨江仙》，下面介紹其中一首，以其寫情即現代人讀來，亦有會心處也。

旖旎仙花解語，輕盈春柳能眠。玉樓深處綺窗前。
夢回芳草夜，歌罷落梅天。

沉水濃薰繡被。流霞淺酌金船。綠嬌紅小正堪憐。
莫如雲易散，須似月頻圓。

她美得像花，花不會說，她會說，好聽、溫柔、貼心。

她體態輕盈，腰肢柔軟像春天的柳條，睡眠的姿態使人動心。

並臥玉樓深處，就在那美麗的窗前，寂靜無人打擾。

夢中回到當日在草地上的嬉戲，回到五月落梅雨一同唱歌的日子。

繡被曾被濃濃的沉香薰過，睡前淺嚐金杯中的美酒，它有一個好聽的名字流霞。

在這綠嬌紅小的五月天，正是相愛好時節。

我們不要像天際容易散開的浮雲，要像那多情的月亮，圓了又圓。

詞中安排了美麗的季節、環境、時間，讓可愛的人在其間享受愛的時光。連器物、飲料都是精緻美好的。不但當前美好，連回憶也是甜美的。再加上美的祝願和盼望。所有事物都加上美好的形容，花旖旎，柳輕盈，樓如玉，窗稱綺，草芬芳，雨落梅，香料是沉水的沉香木，酒稱流霞，杯名金船，季節是綠嬌紅小的五月。頭尾用了四個比喻：人是解語花，體態如春柳，易散的是雲，頻圓的是月。

讀詞要細細咀嚼，不要牛嚼牡丹。

晏幾道 | 宋詞人，詞人晏殊第七子。

閒愁幾許

北宋詞人賀鑄最為人傳誦的一首是《青玉案・淩波不過橫塘路》，因為其中有一句「梅子黃時雨」，而被稱為「賀梅子」。且看全詞：

淩波不過橫塘路
但目送芳塵去
錦瑟年華誰與度
月橋花院
瑣窗朱户
惟有春知處

碧雲冉冉蘅皋暮
彩筆新題斷腸句
試問閒愁都幾許
一川煙草

滿城風絮

梅子黃時雨

詞人目睹一佳麗經過，只能目送她離開。是誰跟她共度這青春年華呢？她又居住在哪裏呢？是有月形拱橋、種滿花的院子，是有朱紅的大門、雕花的窗戶，只有美麗的春天才知道的地方。雲霞冉冉飄過，暮色漸濃，我只能夠為她寫下傷感的詩句。要問我心中有多少莫名的愁緒？有的是遍地如煙的荒草，滿城飄揚的柳絮，黃梅時節下個不停的悶雨。

最為人欣賞的是最後三句，「閒愁」是一樣抽象的東西，許多人有過，但很難將它們描述出來。詞人用三樣具象的東西作比喻。這三樣東西我們過往都可能遇見過，當時都曾影響過我們的心情。就像拍電影，以蒙太奇手法組合多個畫面，使觀者獲得一個統合的印象和感受。

上闋想像佳麗住處，神秘而優美，也用了類似手法，但描繪的是實景，難度就沒有這麼高。

愁有多重？

愁是抽象之物，奇在能度能量。

愁有多長？李白量了，他說「白髮三千丈，緣愁似個長」。

愁有多重？為什麼總覺得它壓在心頭，無法移走。

詞人李清照1129年喪夫，1131年與丈夫畢生收集之金石古卷被盜，晚年生活困頓，一首《武陵春》正是悽涼景況之作。在一個暮春的傍晚，詞人心緒落寞，感到生活前景空虛一片，即使有人可以訴說，還沒開口，眼淚已先流了下來。

也想擺脱這種愁緒的重壓，聽説雙溪那邊春色仍佳，可以駕輕舟於水上排遣一番。怕的是憂愁太重了，小小的舴艋舟也承載不起啊。這就是愁的重量。元曲《西廂記》中有「遍人間煩惱填胸臆，量這些大小的車兒如何載得起！」巧妙的借用，同樣表達憂愁之重是難以承載的。讓我們讀一讀全詞：

李清照　《武陵春》

風住塵香花已盡，日晚倦梳頭。物是人非事事休，欲語淚先流。

聞說雙溪春尚好，也擬泛輕舟。只恐雙溪舴艋舟，載不動許多愁。

李清照 ｜ 北宋詞人，自號易安居士。

怎一個愁字了得

李清照《聲聲慢》寫於國破夫亡之時，那孤單愁悶的感受，通過環境的鋪排，氤氳紙上，讀來沉鬱難解。

尋尋覓覓，冷冷清清，悽悽慘慘戚戚。乍煖還寒時候，最難將息。三杯兩盞淡酒，怎敵他晚來風急！雁過也，正傷心，卻是舊時相識。　　滿地黃花堆積，憔悴損，如今有誰堪摘？守着窗兒，獨自怎生得黑！梧桐更兼細雨，到黃昏、點點滴滴。這次第，怎一箇愁字了得！

讓我們來看看她「堆積」了多少「愁素」在其中：

乍煖還寒時候：像是暖，心中卻又覺冷，相將息，總覺不安穩。

淡酒：無味，入愁腸，解不了愁，禦不了寒。

晚風急：使人打個寒噤。

雁過：想起遠離。

黃花堆積：秋深、零落。

梧桐夜雨：點點滴滴如淚。

黃昏：一日將近的無奈。

好像電影鏡頭的掃描，一件件、一樁樁，編織成一個憂愁的網。總結為「怎一個愁字了得」！那就是比愁更愁了。

風流不在人知

南宋詞人李邴有《漢宮春》詠梅詞，其結句為：「清香未減，風流不在人知。」。這「風流」當然指「誰愛風流高格調」的風流，而不是「風流快活」的德性。

什麼是高格調的「風流」呢？首先要有才，能詩能文之外，對書畫琴棋諸般藝術至少擅長一二。先說「能詩能文」之「能」，不止會寫一般文字，懂得基本格律，而是具備個人風格，能有獨特見解，情意豐厚動人。至於「擅長」某些藝術，是隨時可在眾人前露一手，使人耳目一新甚至驚豔。

其次是有情，文學、藝術的靈魂都是情，無感情的文學、藝術，空殼而已。除表現於文學、藝術，他對人、對萬物的感情都具備真、深、恆的特點。「真」是不矯飾，「深」是不淺薄，「恆」是不善變。

第三是自由，對自己沒有太多的禁錮和束縛，不畏懼世俗的眼光，不在乎無知者的褒貶，我行我素。像《儒林外史》寫王冕，他效屈原衣冠，自造一頂極高的帽子，一件極闊的衣服，遇着花明柳媚的時節，把一乘牛車，載了母親，戴了高帽，穿了闊衣，執着鞭子，口裏唱着歌曲，在鄉村鎮上，以及湖邊，到處頑耍，惹的鄉下孩子們三五成羣跟着他笑，他也不放在意下。

有了這三點，才夠得上「風流」，不在驚世駭俗，無意獨標高格，只求內心快活滿足。我想這就是李邴以梅喻人，「清香未減，風流不在人知」的原意。

李邴 | 南宋進士。

卻把淚來做水

都把辛棄疾列為詞中豪放派，其實他寫起情詩來不輸婉約派。

先看這首《清平樂》：

春宵睡重，夢裏還相送。枕畔起尋雙玉鳳，半日才知是夢。

一從賣翠人還，又無音信經年。卻把淚來做水，流也流到伊邊。

這女子春夜做了一個夢，夢裏送別情人，贈她一對鳳凰的翠玉。矇矓間在枕畔找尋不見，好久才知是夢境。自從那賣玉器的商人來過之後，已經整年沒有他的消息。她要把淚水匯成河水，流也要流到他身邊。

這最後兩句的癡與瘋，完全不輸現代。奇怪這麼好的句子未見有人提及。

再看另一首《滿江紅》：

敲碎離愁　紗窗外　風搖翠竹
人去後　吹簫聲斷　倚樓人獨
滿眼不堪三月暮　舉頭已覺千山綠
但試把　一紙寄來書　從頭讀

相思字　空盈幅
相思意　何時足
滴羅襟點點　淚珠盈掬
芳草不迷行客路　垂楊只礙離人目
最苦是　立盡月黃昏　闌干曲

句句緊貼離愁，把他寄來的信讀了一遍又一遍，都已經識背了，即使如今用網上短訊，心境也相同。記得欣賞不少倒裝的修辭和語法。頭三句的次序應是「紗窗外　風搖翠竹　敲碎離愁」；倚樓人獨，本是孤獨的倚樓人；滴羅襟點點，本是點點滴羅襟；立盡月黃昏，闌干曲，本是曲闌干外立盡月兒黃昏時刻。這樣一顛倒，無礙詞意，只覺別致，還突出了韻腳。

辛棄疾 ｜ 字幼安，號稼軒居士，南宋詞人。

感覺豐富的辛詞

讀辛棄疾的詞，官能感覺豐富。請看：

《西江月・夜行黃沙道中》

明月別枝驚鵲，清風半夜鳴蟬。稻花香裏說豐年，聽取蛙聲一片。

七八個星天外，兩三點雨山前。舊時茅店社林邊，路轉溪橋忽見。

視覺方面，我們看到有明亮的月光，有受驚亂飛的雀鳥，天上有七八顆疏星，有鄉村旅舍，有溪上小橋。

聽覺方面，我們聽到夜半的蟬鳴，聽到水田裏一片蛙聲，聽到村民的閒聊聲。

感覺方面，我們或受到風的清爽，雨的涼潤。

總共才 50 個字，卻給我們這麼豐富的多重感覺，比電影鏡頭給的還要多。

《青玉案·元夕》

東風夜放花千樹，更吹落、星如雨。寶馬雕車香滿路。鳳簫聲動，玉壺光轉，一夜魚龍舞。蛾兒雪柳黃金縷，笑語盈盈暗香去。眾裏尋他千百度。驀然回首，那人卻在，燈火闌珊處。

那火樹銀花的燦爛，寶馬雕車的繁華，美女的靚裝，意中人在燈火闌珊處的突現，給予視覺上蒙太奇的滿足。我們又恍忽聽到簫鼓聲為魚燈龍盞的舞動伴奏，而婦女的嚦嚦鶯聲，盈盈笑語也入耳動心。還有那隨佳麗來去的暗香也引人遐思。詞人自己有敏銳的感覺，才能夠帶給讀者全方位的感官享受。

當時枉殺毛延壽

香港中學生認識元曲作家馬致遠是因為課文選了他的小令《天淨沙·秋思》：

枯藤、老樹、昏鴉。

小橋、流水、人家。

古道、西風、瘦馬。

夕陽西下，斷腸人在天涯。

確是一篇有特色的佳作，羅列了12種事物，以現代電影蒙太奇手法，表達了一種蒼涼蕭瑟的意境。

馬致遠更重要的一個作品是元曲四大雜劇之一的《破幽夢孤雁漢宮秋》，講的是經改編史實的王昭君故事。我只想介紹劇中漢元帝看見王昭君時的感覺：

體態是二十年挑剔就的温柔，姻緣是五百載該撥下的配偶，臉兒有一千般說不盡的風流。

皇帝看到合眼緣的異性跟一般要求高的男人無大分別：體態是20歲年輕女子經過上天精雕細琢打造出來的溫柔，樣貌是怎麼樣也描寫不了的風流，再加上可能歷經五百年多個世代的緣分，才有今天的結合。三個數目字把三個可愛女子的特質推到極致。

昭君的被選和親，據説是緣於她拒絕賄賂畫師毛延壽，將她的樣貌醜化了。皇上發現真相而無法拒絕強鄰的要求，把憤怒發洩在毛的身上，畫師被殺了。

王安石的《明妃曲》中有兩句：

意態由來畫不成，當時枉殺毛延壽。

的確如馬致遠所描繪的溫柔和風流，對所有畫家都是高難度的挑戰。

馬致遠 ｜ 元曲四大家（關漢卿、馬致遠、白樸、鄭光祖）之一。

風情多少愁多少

明代才子唐伯虎與好友沈周同是畫家，亦常詩酒唱和。沈周有《落花詩》，唐伯虎和之，並書寫為《落花詩冊》。寫得靈活豐潤、俊逸秀挺，賞心悅目之至，其中有兩句云：

風情多少愁多少，百結愁腸說與誰？

這兩句應出自柳永《雨霖鈴》：「便縱有千種風情，更與何人說？」

人的確有一種分類法，就是有風情之人和無風情之人。《紅樓夢》中，有風情之女子甚多，可卿、黛玉、鳳姐、湘雲為其中表表者。男子而具風情者除寶玉外，幾個男友大概也有，只是着墨不多。

《水滸傳》中女性少，潘金蓮被描繪為淫婦，但看來她是最有風情的一個，因此後人為她平反的作品不少。那只會喝醉酒打老虎的武松殺人不眨眼，算不上英雄。

《三國演義》中具風情潛質者唯周瑜，只是他似乎Cool了一點，奏樂的美女要故意彈錯才能夠博他一顧。呂布論武藝自是英雄，但淺薄。貂蟬美，但風情用於政治，無法不假。

具風情者風流韻事相應多，恨事亦隨之多，煩惱不絕，唐伯虎風流才子，相信他並非玩家，浪漫史亦出自真情，所以才會「風情多少愁多少」。但有風情的人是自然而來，洗不掉，沖不走，那「愁」也是他嘴裏埋怨心底裏享受的一種情懷。他們無病且呻吟，心裏有病就更要來一句「百結愁腸説與誰」，希望吸引到某個同情心泛濫的紅顏了。

春不管

明代名士吳從先，號小窗。他崇拜當代另一位名士陳繼儒，陳著有語錄式小品《小窗幽記》，吳仿效他寫了《小窗自紀》。

我喜歡其中少人提及的一則：

可與人言無二三，魚自知水寒水暖；

不得意事常八九，春不管花開花落。

我們心中有些話，也想找個適合的人說說。可是這個人好難找。一要他願意聽，不會一面聽一面打呵欠，不會聽了一半就打岔。二要他聽得明，因為有些事聽明白需要一定水平。三要對他有信任，無須你提醒：「這事不能告訴其他人。」四要他會有適當回應，或是一語道破你盲點所在，或是聽完什麼也不說，只是拍拍你的肩膀，給你一個擁抱，輕輕拭去你眼角的淚。

找不到不要緊，河海中的魚，完全感受到水寒水暖，他們不會向朋友傾訴，接受面對的一切。

幸運兒始終是少數，含着銀匙出生，聰明又好樣，IQ爆棚，名校高材生，高薪厚職，符合理想，娶得知心美人歸，有兒有女，聰明伶俐……百萬人中有幾個。其他都是不如意事常八九。

怎樣面對這樣不理想的人生？就學季節吧，拿春天來說，她知道草、樹萌芽，新綠處處，百花吐豔，爭妍鬥麗，然後是落紅遍地，身葬污淖。她可不理會這些，依時序變化她的溫度，無悲亦無喜。惜春、傷春只是酸文人自作多情，她輕輕的來輕輕的走，嘴角帶着俏皮的微笑。

你也能隨着人生季節的變換，面對酸甜苦辣，悲歡離合，潮起潮落而保持嘴角的微笑嗎？

滿紙荒唐言

那怕你沒有好好的看過《紅樓夢》，你也有機會看過下列詩句：

滿紙荒唐言，一把辛酸淚。

都云作者癡，誰解其中味？

見第一回，題《石頭記》。是《紅樓夢》的定場詩：內容是荒誕的，創作是艱苦的，大家都覺得作者是一個癡情的人，有誰知道他真正想傳遞的是什麼呢？

假作真時真亦假，無為有處有還無。

見第一回，太虛幻境的對聯。書中人事，亦真亦假，可有可無。那假的寫得像真的一樣，甚至比真還真；你說並無其事嗎？卻又似曾相識。文學作品的可愛處正在這裏。

無故尋愁覓恨，有時似傻如狂；
縱然生得好皮囊，腹內原來草莽。
潦倒不通庶務，愚頑怕讀文章；
行為偏僻性乖張，那管世人誹謗！（《西江月》一）

富貴不知樂業，貧窮難耐淒涼；
可憐辜負好時光，於國於家無望。
天下無能第一，古今不肖無雙；
寄言紈絝與膏粱，莫效此兒形狀。（《西江月》二）

見第二回，故意把賈寶玉描寫到不堪。部分是故意抹黑，卻也突出了他的叛逆性格，無意仕途經濟，不被名利綑綁。

天盡頭，何處有香丘？未若錦囊收豔骨，一抔淨土掩風流。質本潔來還潔去，強於污淖陷渠溝。爾今死去儂收葬，未卜儂身何日喪？儂今葬花人笑癡，他年葬儂知是誰？試看春殘花漸落，便是紅顏老死時；一朝春盡紅顏老，花落人亡兩不知！

節錄第二十七回黛玉的《葬花辭》。黛玉將自己的處境及命運與落花相比，「一年三百六十日，風刀霜劍嚴相逼；明媚鮮豔能幾時，一朝飄泊難尋覓。」而「儂今葬花人笑癡，他年葬儂知是誰？」「一朝春盡紅顏老，花落人亡兩不知！」

誰不為她的感傷下淚！

曹雪芹 ｜ 名霑，清小說家。中國最偉大的小說《紅樓夢》的作者。研究它的作品不計其數，稱為「紅學」。

好了歌

《紅樓夢》第一回寫甄士隱聽了一個跛腳道士唱的《好了歌》，心有所悟，唱出了一篇《解注》，最後隨道士而去。

請先看《好了歌》：

世人都曉神仙好，只有功名忘不了。
古今將相在何方，荒塚一堆草沒了。
世人都曉神仙好，只有金銀忘不了。
終朝只恨聚無多，及到多時眼閉了。
世人都曉神仙好，只有嬌妻忘不了。
君生日日說恩情，君死又隨人去了。
世人都曉神仙好，只有兒孫忘不了。
癡心父母古來多，孝順兒孫誰見了。

再看《解注》:

陋室空堂,當年笏滿牀;

衰草枯楊,曾為歌舞場。

蛛絲兒結滿雕梁,綠紗今又在蓬窗上。

說什麼脂正濃,粉正香,如何兩鬢又成霜?

昨日黃土隴頭埋白骨,今宵紅綃帳底臥鴛鴦。

金滿箱,銀滿箱,轉眼乞丐人皆謗。

正嘆他人命不長,那知自己歸來喪?

訓有方,保不定日後作強梁。

擇膏粱,誰承望流落在煙花巷!

因嫌紗帽小,致使鎖枷扛;

昨憐破襖寒,今嫌紫蟒長;

亂哄哄,你方唱罷我登場,反認他鄉是故鄉。

甚荒唐,到頭來,都是為他人作嫁衣裳!

無非是世事難料,命運難測,叫人看破。

阿濃近日亦有所感，作《新好了歌》:

對也好，錯也好，有乜好拗？

多也好，少也好，何必計較？

輸也好，贏也好，玩伴難找。

哭也好，笑也好，打打鬧鬧。

得也好，失也好，曾經便好。

生也好，死也好，大夢一覺，一了百了。

為誰風露立中宵

清朝詩人黃仲則，是一個天才，35 歲便離世，留下詩詞近 1300 首，有不少膾炙人口的名句。即使到了近代，仍擁有不少名家黃粉。

偶然發現他有不少有「立」字的詩句，都有很好的意境，可以說是「立」字詩的第一。

《秋夕》

桂堂寂寂漏聲遲，一種秋懷兩地知。

羨爾女牛逢隔歲，為誰風露立多時。

心如蓮子常含苦，愁似春蠶未斷絲。

判逐幽蘭共頹化，此生無分了相思。

兩地相思，牛郎織女還能一年一見，而他們卻是此生無望，只能在這秋夜的風露中長久佇立，咀嚼離愁。

《綺懷》

幾回花下坐吹簫，銀漢紅牆入望遙。

似此星辰非昨夜，為誰風露立中宵。

纏綿思盡抽殘繭，宛轉心傷剝後蕉。

三五年時三五月，可憐杯酒不曾消。

一樣是在風露中站立，時間可能更長，只是換了比喻。

《癸巳除夕偶成》

千家笑語漏遲遲，憂患潛從物外知。

悄立市橋人不識，一星如月看多時。

這次站立的時間是除夕，家家戶戶沉浸在迎接新年的歡笑中，詩人卻憂思重重，獨自悄立在橋上，沒有月亮，看着寂寞的星星，思潮起伏，為人生的憂患發呆。

《別意》

別無相贈言，沉吟背燈立。

半晌不抬頭，羅衣淚沾濕。

沉默、背對、低頭，還是瞞不過。

《醜奴兒令・春夜》

珊珊弱骨臨風倚，遮莫衣單，況是春寒，一半憐伊不忍看。

欲行乍看羞眸睇，背立欄杆，偷整雲鬟，半臂清涼露未乾。

詩人眼中的她，衣衫單薄，在料峭春寒中期待與他相見。含羞背立，不知多少時間了，下闋借用杜甫詩意：「清輝玉臂寒。」

黃景仁 | 字仲則，清詩人。

百無一用是書生

這是天才詩人黃仲則的慨歎，來自他的《雜感》:

仙佛茫茫兩未成，只知獨夜不平鳴。

風蓬飄盡悲歌氣，泥絮沾來薄倖名。

十有九人堪白眼，百無一用是書生。

莫因詩卷愁成讖，春鳥秋蟲自作聲。

慨歎，但不消極。命途多舛，欲振無力，連情愛的事都表現消極，令人失望。想借仙佛遁世，也格格不入，夜半失眠，胸腹中只想作不平之鳴。看周遭像樣的人沒有幾個，處於這樣的環境，一個讀書人又能做些什麼？別擔心作品中的憂思成為讖語，春鳥秋蟲也不會因他人的喜惡噤聲。

他生活窮困，有「全家都在風聲裏，九月衣裳未剪裁。」

「非因衾薄更衾單，坐不生溫臥豈安。先冷指尖如有信，忽生膚粟似無端。」的描繪。

有一年他在旅次，收到妻子的信，說出生不久的女兒夭折了，他寫了《得家書悼殤女》：

初月纔生落已催，好花差喜未曾開。珠從慈母掌中奪，書自山妻病裏裁。終傍人家何足戀，暫為而父詎忘哀。我從客邸開緘慎，略欠平安是此回。

才出的新月忽然落下，一朵好花含苞不放。

明珠一顆從母親手中奪去，報喪的信從病中的妻子寄來。

生於這樣的人家真的不值得留戀，作為短暫的父親怎會沒有悲哀。

我像平常一樣打開信箋，跟往日不同的是沒有平安二字。

結語的平淡，只能理解為生活的艱辛已使情感麻木。

花、鳥、蝶、月

喜歡尤碧珊書法中那不在意的感覺。看她寫的內容更是雲淡風輕，舒服極了。一副四字聯寫的是：

聽鳥說甚

問花笑誰

原來是雲南曇華寺的一副聯。表面看，這人可算「八卦」了，人家說什麼，不關你事，為何豎起耳朵聽？人家笑誰也與你無涉，為何還要去問。但看清楚想聽的不是張長李短，而是鳥兒的鳴叫；想問的不是是是非非，而是花的笑靨因誰而起？這就一下子傻癡癡的雅起來了。

碧珊又有一幅五個字的小品：「花無心招蝶」。我問下句，她說：「蝶無心尋花。」我想：兩者都「無心」，卻偏招惹在一起，這就是緣吧？後來查到這禪語還有六句：「花開蝶自來，蝶來花已開。人我互不知，相偕從帝則。」「帝則」是上天設下的規則。蝶和花本來不知且無心，卻一個「被招蝶」，一個「被尋花」，不由自主的遵循了自然規則。人生何嘗不是如此？許多行為是無心的、自然的、不由自主的做了出來。

尤碧珊 ｜ 當代書法家。

此中有故事

天涯共此時

中國是詩歌大國，詩詞融入生活的方方面面。

每個節日我們都有好詩，春節我們記得王安石的「千門萬户曈曈日，總把新桃換舊符。」元宵節我們記得歐陽修的「月上柳梢頭，人約黃昏後。」也記得辛棄疾的「眾裏尋他千百度，那人卻在燈火闌珊處。」清明節我們記得杜牧的「清明時節雨紛紛，路上行人欲斷魂。」尤其是清明節常在雨中。也記得高翥的「人生有酒須當醉，一滴何曾到九泉。」掃墓後很想乾一杯。中秋節我們記得蘇軾的「但願人長久，千里共嬋娟。」也記得張九齡的「海上生明月，天涯共此時。」看着天上的明月，思念遠方的友人，立即 WhatsApp 一番。重陽節我們記得王維的「遙知兄弟登高處，遍插茱萸少一人。」明年會不會飛回去共聚？

許多旅行點我們都有詩，寒山寺有張繼的「姑蘇城外寒山寺，夜半鐘聲到客船。」每年吸引了許多日本遊客，此夜來聽鐘聲。西湖的詩就更多了，蘇東坡說「若將西湖比西子，淡妝濃抹總相宜。」白居易說「最愛湖東行不足，綠楊陰裏白沙堤。」林升的「山外青山樓外樓，西湖歌舞幾時休？」當你在西湖樓外樓吃醋溜魚片時，很難不想起這詩。記得那年遊岳墳，我們一行十多人同唱《滿江紅》，那感受自是不同。到了四川武侯祠，我們自會唸杜甫的《蜀相》：「丞相祠堂何處尋，錦官城外柏森森。」直至「出師未捷身先死，長使英雄淚滿襟。」發思古之幽情，自非一般到此一遊所能企及。

美麗的願望

羅馬有許願泉，大埔有許願樹，生日切蛋糕，壽星切蛋糕之前要 Make a wish。許願是一件美麗的事。

詞選中有三首出現許願內容，最為人引用的是蘇軾的《水調歌頭》。一因寫於佳節中秋，二因內容包括懷人，三因有合適的祝福語。試錄其下闋：

轉朱閣，低綺户，照無眠。

不應有恨，何事長向別時圓？

人有悲歡離合，月有陰晴圓缺，此事古難全。但願人長久，千里共嬋娟。

人生的遭際，像月亮有陰晴圓缺，不能盡如人意。一個誠摯的願望，是所愛的人和自己都健康長在，在中秋之夜，雖相隔千里，也能共享同一個月亮。

李之儀的《卜算子》，言詞淺白，那願望委曲而深切，十分動人：

我住長江頭，君住長江尾。日日思君不見君，共飲長江水。

此水幾時休，此恨何時已。只願君心似我心，定不負相思意。

我心愛你毋庸置疑，如你心亦如此，就互不相負了。

馮延巳的《長命女》寫女子對郎君訴說的三個願望，沒有漏了自己，因為有自己他才會幸福快樂。

春日宴，綠酒一杯歌一遍。

再拜陳三願：

一願郎君千歲，二願妾身常健，

三願如同樑上燕，歲歲長相見。

1932 年龍榆生填詞，黃自作曲的《玫瑰三願》，寫出了離亂世界中一個女子借玫瑰為譬，對自身命運的深切關懷，使人生憐。

> 玫瑰花，玫瑰花，爛開在碧欄干下，玫瑰花，玫瑰花，爛開在碧欄干下，我願那妒我的無情風雨莫吹打，我願那愛我的多情遊客莫攀摘，我願那紅顏常好不凋謝，好教我留住芳華。

李之儀｜北宋詞人。

馮延巳｜五代詞人。

鷓鴣詞

此間大屋常有按摩浴池設備，乃房屋賣點之一。但據我所知，華人屋主多備而不用，因為耗電較多，此大浴缸淪為儲物之用。 按摩浴缸之英文名為Jacuzzi，1968年 Roy Jacuzzi 發明，就用了他的名字。華人而不諳英文者，稱之為「鷓鴣池」。鷓鴣乃華人熟悉之食用鳥類，所以叫得很順口。

偶讀詞選，見有「鷓鴣詞」一詞，不禁微笑，世間沒有「鷓鴣池」,「鷓鴣詞」卻是有的，包括了詩和詞。

原來鷓鴣這種鳥，最愛在黃昏時，雌雄你一聲我一聲的相呼相應，把他鄉遊子的離情別緒都叫出來了。而「鷓鴣」和有關牠的詩詞也都是寫離情的。作品甚多，選我最愛的詩詞各一首給大家欣賞：

暖戲煙蕪錦翼齊，品流應得近山雞。雨昏青草湖邊過，花落黃陵廟裏啼。遊子乍聞征袖濕，佳人才唱翠眉

低。相呼相應湘江闊，苦竹叢深日向西。（唐・鄭谷《鷓鴣》）

彩袖殷勤捧玉鍾，當年拚卻醉顏紅。舞低楊柳樓心月，歌盡桃花扇底風。從別後，憶相逢。幾回魂夢與君同。今宵剩把銀釭照，猶恐相逢是夢中。（宋・晏幾道《鷓鴣天》）

鄭谷 ｜ 唐詩人。

佳節元宵

今天是元宵佳節，晚間記得吃湯圓。

中國文化積澱深厚，元宵有不少詩詞，其中一些還影響深遠。

歐陽修 《生查子‧元夕》

去年元夜時，花市燈如晝；月上柳梢頭，人約黃昏後。

今年元夜時，月與燈依舊；不見去年人，淚濕春衫袖。

因此有人將此日定為中國情人節。而「人約黃昏後」在我們那年代是青春期愛情的甜蜜節目。

辛棄疾 《青玉案‧元夕》

東風夜放花千樹，更吹落、星如雨。

寶馬雕車香滿路，鳳簫聲動，玉壺光轉，一夜魚龍舞。

蛾兒雪柳黃金縷，笑語盈盈暗香去。

眾裏尋他千百度;驀然回首，那人卻在，燈火闌珊處。

這是香港DSE考試的課文，每年都影響以千計考生。

國學大師王國維在《人間詞話》中提到：「古今之成大事業、大學問者，必經過三種境界：『昨夜西風凋碧樹。獨上高樓，望盡天涯路。』此第一境界也。『衣帶漸寬終不悔，為伊消得人憔悴。』此第二境界也。『眾裏尋他千百度，驀然回首，那人卻在，燈火闌珊處。』此第三境界也。」

宋：吳芾 《元夕有感》

當塗連歲看燒燈，又見洪都爛滿城。(洪都地名)

紫陌人疑春欲曉，清宵天放月爭明。

老逢好景知能幾，暗數流年只自驚。

亦擬樽前成一笑，吾衰無復舊心情。

阿濃最有感的是「老逢好景知能幾」，所以今晚是會全家一同吃湯圓的。

能消幾個黃昏

黃昏天色漸暗，一個人如果心情不佳，這時刻會特別傷感寂寞。

李清照　《聲聲慢》

……守着窗兒，獨自怎生得黑？梧桐更兼細雨，到黃昏，點點滴滴。這次第，怎一個愁字了得？

陸游　《卜算子・詠梅》

驛外斷橋邊，寂寞開無主。已是黃昏獨自愁，更着風和雨……。

馬致遠　《天淨沙・秋思》

枯藤老樹昏鴉，小橋流水人家，古道西風瘦馬。夕陽西下，斷腸人在天涯。

秦觀　《滿庭芳》

斜陽外，寒鴉萬點，流水繞孤村。

消魂。當此際，香囊暗解，羅帶輕分。

謾贏得、青樓薄倖名存。

此去何時見也，襟袖上，空惹啼痕。

傷情處，高城望斷，燈火已黃昏。

劉弇　《清平樂》

東風依舊，着意隋堤柳。搓得鵝兒黃欲就，天氣清明時候。

去年紫陌青門，今宵雨魄雲魂。斷送一生憔悴，能消幾個黃昏？

是詞人懷念亡妾之作。春風依舊，柳色不殊，去年還一同在堤畔散步欣賞春色，今天你魂魄飄蕩，我形單影隻。如此傷心事將使我憔悴一生，誰知道今後還能度過幾個這樣的黃昏？

去年的幸福和今夕的悽愴作鮮明對照。最後的結語沉痛無比，成為悼亡詩中名句。

何可一日無此君

晉朝的王徽之，大書法家王羲之的兒子，本身也是書法家。有一次借住朋友的一間空宅。吩咐僕人在園中種一批竹樹。竹子種好後，徽之在竹林中又唱歌又吟詩。朋友問：「只不過短期居住，何必這麼麻煩呢？」王徽之指着竹子說：「何可一日無此君！」

宋朝詩人、書法家黃庭堅曾經說過：「士大夫三日不讀書，則義理不交於胸中，對鏡覺面目可憎，向人亦語言無味。也就是說書是生活中離不開的，三日不讀書就會成為一個自己也討厭的人。

竹林七賢的劉伶，每天都離不開酒，妻子要他戒酒，他姑且應之，要妻子備酒肉在神前發誓，他的誓詞是：「天生劉伶，以酒為名，一飲一斛，五斗解酲。婦人之言，慎不可聽！」便引酒進肉，又入醉鄉。

戀愛中人，不可一日無情人。《詩經‧采葛》：

彼采葛兮，一日不見，如三月兮。

彼采蕭兮，一日不見，如三秋兮。

彼采艾兮，一日不見，如三歲兮。

那採葛、採蕭、採艾的姑娘，一天見不到她，就好像隔了三年長。

若做問卷調查，現代人不可一日離者是什麼？相信手機應居首位。可惜這東西離詩意頗遠。

月色如水

作家又是畫家的胡燕青將舉行畫展，展名是《夜涼如水》，臉書上看到部分作品，詩意濃郁。「夜涼如水」來自杜牧《秋夕》:「天階夜色涼如水。」所謂「夜色」其實主要是月色。

蘇軾一篇短文《記承天寺夜遊》，為香港中學生會考課文：

> 元豐六年十月十二日夜，解衣欲睡，月色入户，欣然起行。念無與樂者，遂至承天寺尋張懷民。懷民亦未寢，相與步於中庭。庭下如積水空明，水中藻荇交横，蓋竹柏影也。何夜無月？何處無竹柏？但少閑人如吾兩人耳。

那月色就如積水空明，而且水中還有藻荇交橫，原來是竹柏的影子。全文短，描寫月色只得兩句但很美。文章最令人回味的是結語，夜夜都有如水夜色，能欣賞的人卻不多。即使他跟張懷民，也不是夜夜的閒人。

明朝的黃虞龍有篇短文《與宋比玉》，同樣是寫月色，有蘇軾《記承天寺夜遊》的影子：

> 夜來月色，映空庭如積水，令人至不敢蹈。弟通夕為之不寐，俄而雞鳴鐘動，悵然久之。

因月色太像積水，使他不敢踩上去。而月色之美使他不捨得睡。一句「雞鳴鐘動」，概括了黎明來臨，悵然久之當然是為了月色的消失。

後來寫月色的有朱自清的《荷塘月色》，同屬中學範文，其中運用了不少修辭法，但給讀者的感動卻似有不及。

一首詩的影響

愛讀席慕蓉的詩，偶然在鳳凰衞視《魯豫有約》中看到魯豫訪問席慕蓉，當然留神細看。原來席慕蓉 1943 年生，今年 74 歲(編按：2017 年)，看上去比實際年輕，圓圓的臉龐，比想像胖。

訪問中席慕蓉提到她寫詩受一首古詩影響，那就是《古詩十九首》的第一首：《行行重行行》。一首古詩影響一位現代女子成為著名詩人，她的作品又影響和感動了更多的人，這是一次難得的成功傳承！讓我們先把這首詩抄下來：

行行重行行，與君生別離。相去萬餘里，各在天一涯。

道路阻且長，會面安可知？胡馬依北風，越鳥巢南枝。

相去日已遠，衣帶日已緩。浮雲蔽白日，遊子不顧返。

思君令人老，歲月忽已晚。棄捐勿復道，努力加餐飯。

這首詩如何影響了席慕蓉，這節訪問沒來得及說。就讓我來猜想一下。最重要是寫情之深之痛吧，兩個關係密切之人，因讒人播弄，如今相距遙遠，道路阻隔，因思念而瘦而老。復合難求，只有努力加餐，保持健康，希望還有重聚的一天。委屈中不帶怨恨，失望中仍存希望。更使人加倍同情！

席慕蓉讀此詩時心靈一定深受觸動，覺得自己也有一些情感需要抒發，一試之下，就誕生了一位詩人。而她的詩相信也引發不少多情善感者走上詩歌創作的道路。

所以一篇文學作品，它能產生怎樣的作用，發生多大的影響，往往不是我們能猜想到的。

席慕蓉 | 當代作家、詩人、畫家。

今宵不忍圓

有情人最是敏感，他人看見無所感的事物，他們總是觸景生情甚至傷情。兒女夭折，家人會把孩子的衣物、玩具藏起，免得做母親的見到又傷心一番。但大自然的一切卻收無可收，藏無所藏，多情人難免傷春悲秋一番。

溫庭筠的一首《菩薩蠻》：

小山重疊金明滅，

鬢雲欲度香腮雪。

懶起畫蛾眉，

弄妝梳洗遲。

照花前後鏡，

花面交相映。

新帖繡羅襦，

雙雙金鷓鴣。

「懶起畫蛾眉，弄妝梳洗遲」已點出她的「懶」和「遲」是因孤獨，「非無膏沐，誰適為容？」打扮了給誰欣賞？而昨夜失眠，早上就要多賴會兒牀了。本想不思量，卻忽然見到新繡的羅衣上有成雙成對的鷓鴣，立時對比到自己的形單影隻，又感鬱悶了。

讓我們再欣賞朱淑真的另一首《菩薩蠻》：

山亭水榭秋方半，鳳幃寂寞無人伴。愁悶一番新，雙蛾只舊顰。

起來臨繡户，時有疏螢度。多謝月相憐，今宵不忍圓。

前闋直述無人相伴，愁悶不斷。到最後見到未圓的月，不禁作癡語：幸而今宵不是月圓之夜，否則更感淒涼了。將月視為有情之物，因相憐而不忍以團圓示之。把擬人的修辭法，使用到極致了。

溫庭筠 ｜ 字飛卿，晚唐詩人，花間派詞人。

朱淑真 ｜ 南宋詞人。

花解語？

在詩人眼中，花有各種各樣的感情。

她會愁。陸游《卜算子・詠梅》：「已是黃昏獨自愁，更着風和雨。」她會笑。毛澤東《卜算子・詠梅》：「待到山花爛漫時，她在叢中笑。」她會哭。杜甫《春望》：「感時花濺淚，恨別鳥驚心。」

但大家都認為她不會講話。司馬遷《李將軍列傳》：「桃李無言，下自成蹊。」桃花李花不說話，但樹下踩出了一條小路。有德行的人自有人親近。歐陽修《蝶戀花》：「淚眼問花花不語，亂紅飛過秋千去。」花為甚不答？不想答？無法答？不答之答即是答了？

《開元天寶遺事》記唐明皇在百官陪伴下與楊貴妃在太液池畔欣賞千葉白蓮，眾人均驚歎蓮花的美麗。明皇指着貴妃說：「爭如我解語花！」意思是白蓮雖美，怎及美麗如花又懂說話的愛妃！也認定花是不會說話的了。

偶讀東漢宋子侯《董嬌嬈》，發現詩人卻是讓花兒說話的，這份童心和童話色彩是古代詩歌中少見的。說的是洛陽城路旁桃李芬芳，有採桑女子折花，花說：「何為見損傷？」女子說：「高秋八九月，白露始為霜。終年會飄墮，安得久馨香！」反正你們都會凋謝，何在乎我攀折？那花兒答道：「秋時自零落，春月復芬芳。何如盛年去，歡愛永相忘？」這花兒的回答也是不答之答，她沒有反駁女子的問話，卻是慨歎女性的命運。她說：「花開花落是自然規律，但趁盛開的時候離去，那恩愛記得也好，忘記也好，總是一番緣分。」這話是多麼動人心懷，難怪詩人要說：「吾欲竟此曲，此曲愁人腸」了。

春風吹不開

古典詩詞，吟詠的範圍甚廣，包括人體的多部分，眉毛也常獲垂青。白居易兩大名篇，《長恨歌》有：「芙蓉如面柳如眉」，《琵琶行》有：「低眉信手續續彈」。本篇且談眉的表情之一：愁眉。

元稹的《遣悲懷》三首，清人蘅塘退士（《唐詩三百首》編選者）評曰：「古今悼亡詩充棟，終無能出此三首範圍。」它的其三：

閒坐悲君亦自悲，百年都是幾多時？
鄧攸無子尋知命，潘岳悼亡猶費詞。
同穴窅冥何所望？他生緣會更難期。
惟將終夜長開眼，報答平生未展眉。

最動人的是最後兩句，妻子與他相處的日子，經濟拮据（見前二首），終日愁眉不展。如今去世，無以為報，能做的只是終夜思念她的好處，眼睜睜失眠到天光。這兩句對仗亦甚工整。

歐陽修 《訴衷情・眉意》

清晨簾幕卷輕霜。呵手試梅妝。
都緣自有離恨，故畫作遠山長。
思往事，惜流芳。易成傷。
擬歌先斂，欲笑還顰，最斷人腸。

描寫一個歌女在寒冷的清晨化妝時的心情，因為懷念遠方的愛人，相隔重山，在畫眉的時候就把眉毛畫成彎彎的，淡淡的遠山樣子了。表演之前整頓一下心情，想給大家一個笑臉，卻還是不由自主地皺起眉頭，這當下真使人傷心腸斷了。

白居易 《思婦眉》：

春風搖蕩自東來，折盡櫻桃綻盡梅；
惟餘思婦愁眉結，無限春風吹不開。

前兩句極寫春風力量之大，既能摧折櫻桃，也能使梅花盛開，可是對於思念丈夫的妻子，她緊鎖的雙眉卻是怎麼吹也無法打開呀！

文窮而後工？

歐陽修在《梅聖俞詩集序》的開頭說：

予聞世謂詩人少達而多窮，夫豈然哉？蓋世所傳詩者，多出於古窮人之辭也。凡士之蘊其所有，而不得施於世者……內有憂思感憤之鬱積，其興於怨刺，以道羈臣寡婦之所嘆，而寫人情之難言。蓋愈窮則愈工。然則非詩之能窮人，殆窮者而後工也。

意思是一個人的處境愈「窮」，詩文愈好。不是詩文能使人窮，是人「窮」了就會寫出好的詩文來。梅聖俞是其中一個。

再要舉例不難，司馬遷在《史記》的《太史公自序》中就舉了好些個：

昔西伯拘羑里，演《周易》；孔子戹陳、蔡，作《春秋》；屈原放逐，著《離騷》；左丘失明，厥有《國

> 語》；孫子臏腳，而論兵法；不韋遷蜀，世傳《呂覽》；韓非囚秦，《說難》、《孤憤》；《詩》三百篇，大抵賢聖發憤之所為作也。此人皆意有所鬱結，不得通其道也。

當然要舉還有杜甫離亂中的詩，李後主被俘後的詞，李清照喪偶後的作品，曹雪芹家道中落後的《紅樓夢》……可是李白呢？許多佳作寫於快意時，李後主如沒有之前的帝王人生，也寫不出家國之痛。李清照沒有之前的恩愛生活，也沒有之後的慘戚動人。曹雪芹未經歷過富貴，如何寫得出大觀園裏的繁華。因此光是「窮」不夠，由廣義的「富」入窮才能有偉大的作品產生。

而這還不是一定如此，曹操的傑作《短歌行》寫於志得意滿，求賢若渴時；李白寫《清平調》正蒙寵幸；司馬光編《資治通鑑》也沒面對什麼磨難。

因此詩文之「工」與否，跟「窮」之先後，甚至是否「窮」，都不一定有關也。

常恨世人新意少

讀南宋詞人劉克莊在重陽日寫的一首《賀新郎》：

湛湛長空黑，更那堪、斜風細雨，亂愁如織。老眼平生空四海，賴有高樓百尺。看浩蕩、千涯秋色。白髮書生神州淚，盡淒涼不向牛山滴。追往事，去無跡。

少年自負凌雲筆，到而今、春華落盡，滿懷蕭瑟。常恨世人新意少，愛説南朝狂客，把破帽年年拈出。若對黃花辜負酒，怕黃花也笑人岑寂。鴻北去，日西匿。

一闋深有感慨的好詞，但我對其中這幾句有感：「常恨世人新意少，愛説南朝狂客，把破帽年年拈出。」南朝狂客指晉孟嘉，為桓溫參軍，有一年重陽節共登龍山，風吹帽落而不覺。這個典故詞人每當重陽就拿來説事，所以劉克莊恨他們新意少。

這情況至今不變，每到中秋就是「但願人長久，千里共嬋娟。」清明就是「清明時節雨紛紛，路上行人欲斷魂。」說愛情便「問世間情是何物？」談婚姻忘不了錢鍾書的「婚姻是一座圍城，城外的人想進去，城裏的人想出來。」錢鍾書的另一句趣話也不時看見：「如果你吃到一個雞蛋，覺得好吃，你又何必去認識下蛋的母雞呢？」

有幾個作家的話特別多人引用，張愛玲是其中之一：

「因為相知，所以懂得；因為懂得，所以慈悲。」

「生命是一襲華美的袍，爬滿了蚤子。」

村上春樹的：

「假如這裏有堅固的高牆和撞牆破碎的雞蛋，我總是站在雞蛋一面。」

還有我至今不明白的米蘭・昆德拉的「生命不能承受之輕」。

劉克莊｜南宋詞人。

相思不盡唱紅豆

一個古老的故事：一男子婚後不久，離家服兵役久久不歸。其妻每日登山盼望，淚盡泣血，墜地成相思樹，結相思紅豆。

唐代詩人王維寫詩贈歌者李龜年，題目是《相思》：

紅豆生南國，春來發幾枝？

勸君多採擷，此物最相思。

紅豆不僅是愛情的象徵，也傳遞友誼的思念。「多採擷」為的是多相思。此詩被編成曲子，流行於大小演唱場合。

唐朝經安史亂，繁榮不再。李龜年流落江南。間中在友朋間演唱舊曲，包括這首《相思》，往往使座上掩泣。同樣流落至此的杜甫也曾列席其間，感慨無限，寫了一首《江南逢李龜年》：

岐王宅裏尋常見，崔九堂前幾度聞。

正是江南好風景，落花時節又逢君。

同是天涯淪落，在此落花時節，心情如何也就不須多言了。到了清朝，一代才人曹雪芹的《紅樓夢》中，讓多情公子賈寶玉，在一次友儕聚會中行酒令，依酒令要求，唱了一首新曲：

滴不盡相思血淚拋紅豆；

開不完春柳春花滿畫樓；

睡不穩紗窗風雨黃昏後；

忘不了新愁與舊愁。

嚥不下玉粒金波噎滿喉；

照不盡菱花鏡裏形容瘦；

展不開的眉頭，

捱不明的更漏。

呀！

恰便似遮不住的青山隱隱，

流不斷的綠水悠悠。

評者認為他描繪的正是黛玉。到了 1943 年劉雪庵為此歌詞作曲，名之為《紅豆詞》，由周小燕演唱，自此成為藝術歌曲演唱會上常見曲目。一首 28 字的短詩，可以這樣源遠流長，這就是藝術強大的生命力。

桃李不言

「桃李不言，下自成蹊」是司馬遷在《史記・李將軍列傳》中讚美李廣的話。桃樹和李樹有美麗的花朵，清甜的果實，她們雖然不會説話，但欣賞的人絡繹不絕，探訪者踏出一條小路來。就像李廣戰功彪炳，但拙於言詞，從不自我宣揚。逝世後舉國誌哀，所以史家這樣形容他。

《全唐詩》中有一位豆盧岑，有兩句詩被選入，題目是《尋人不遇》：

隔門借問人誰在？一樹桃花笑不應。

桃花的不語，使這位豆君就憑兩句搭上詩王國的豪華列車。

南唐李煜的《漁父》：

浪花有意千里雪，桃花無言一隊春。

寫漁父的寫意生活，眼前盡是美景。桃花雖不言，但在詩人眼中她會笑。

有名的「人面桃花」故事，唐朝的崔護重訪美女居所不遇，題詩：

> 去年今日此門中，人面桃花相映紅。人面不知何處去，桃花依舊笑春風。

宋朝汪藻的《春日》：

> 桃花嫣然出籬笑，似開未開最有情。

寫桃花更像寫天真美麗的少女。

宋朝佚名的《九張機》第一張：

> 一張機，採桑陌上試春衣。風晴日暖慵無力。桃花枝上，啼鶯言語，不肯放人歸。

春日採桑陌上，春衣初試，風輕輕吹，太陽暖暖的，心懶懶的，四肢無力，黃鶯在桃花枝上啼叫，聽得人心煩意亂，想回家卻又捨不得歸去。桃花始終無言，即使隨流水遠去，也不曾説珍重再見。

擇木而棲

世界各地都在搶人才，香港也不例外。問題是：什麼是人才？憑什麼去搶？

《左傳》上孔子説：「鳥則擇木，木豈能擇鳥？」「則」是「能」的意思，「木」是樹。後人多所引申。

曹操 《短歌行》：

月明星稀，烏鵲南飛。
繞樹三匝，何枝可依？

寫賢才擇主而事的彷徨，而他就如同周公一般求才若渴：

山不厭高，水不厭深；
周公吐哺，天下歸心。

對於人才，他是多多益善。他會像周公一樣，有賢才來見，「一飯三吐哺」，吃一頓飯，多次把吃進嘴裏的飯吐出來，立時接見。這説明他對求才的急切和尊重。

蘇軾的《卜算子》卻是從《短歌行》而來：

揀盡寒枝不肯棲，寂寞沙洲冷。

覓一處理想的棲身之處，並非易事，找不到寧可在寒冷的沙洲上守着寂寞。

回到文首的兩個問題，**一、什麼是人才？**

希望不是狹隘地認為科技、金融、醫學、體育方面的專家、優秀分子才是人才，藝術方面音樂、戲劇、美術的表表者，甚至已有表現的作家、考古家、歷史學家也不應摒除在外。

二、憑什麼去搶？

安定的生活環境：收入、住所、醫療、子女教育都有適當安排。

自由的空間：思想、信仰、發表、旅遊，只要不違反法律，擁有無限自由。

尊重：不要把雙方看成老闆和僱員的關係，不限期交成果，重視對方提出的意見，給予研究、創作、發表的方便。

表面上是當局選取人才，最後的決定還是人才選擇能夠發揮自己才能的崗位。是鳥擇木，木不能擇鳥。

曹操 ｜ 字孟德，小字阿瞞，東漢末年丞相。三國羣雄之一，政治家、軍事家、詩人。

衣不如新，人不如故

> 煢煢白兔，東走西顧，衣不如新，人不如故。

出自《樂府・古豔詩》。是一名棄婦的心聲。

像一隻孤獨無依的白兔，我東走走西看看，徬徨無依。衣服是新的好，人嘛，怎及舊的？

故人，既可是故夫，也可以是老朋友。李白對故人特別多情，在《送友人》中寫：

> 浮雲游子意，落日故人情。

他對故人離別之情像落日般戀戀不捨。在《黃鶴樓送孟浩然之廣陵》中寫：

> 故人西辭黃鶴樓，煙花三月下揚州。

一直看到孤帆遠影碧空盡，還不捨離去。

王維 《送元二使安西》：

勸君更盡一杯酒，西出陽關無故人。

送行的就是你最後的故人，把離情別意都沉浸在酒杯中，永記心裏。

我們都有不少認識的人，但稱得上故人的恐怕要打一個頗大的折扣。

你們該有一段親密的交往，如杜甫與李白的「醉眠秋共被，攜手日同行」。

或曾為芳鄰，如白居易與元八之：「明月好同三徑夜，綠楊宜作兩家春」。

或是同窗好友，受教於良師，有說不盡的往事、笑談、瘀事。

或曾有一段情，刻骨銘心，最後卻因種種原因，勞燕分飛，但仍是知心好友。

或曾是戰友，同仇敵愾，同生共死，如今已退出戰場，享其餘年。

這些故友，隨時間的過去日漸流失，「訪舊半為鬼，驚呼熱中腸」，有機會重逢，那種感動，足可令人眼眶潤濕。

樂府 ｜ 漢樂府本是採集民間歌謠的機構，後人將採集所得稱樂府。

此中有故事

三位宋代詞人，蘇軾、辛棄疾、黃公紹都填過《青玉案》，我驚奇地發覺其中都有故事，不過他們點到即止，給我們無限想像。

更巧的是故事都在詞的結尾部分。先介紹蘇軾的一首，最後幾句是：

作個歸期天定許，春衫猶是，小蠻針線，曾濕西湖雨。

唐白居易有姬樊素善歌，妓小蠻善舞，有詩云：「櫻桃樊素口，楊柳小蠻腰。」蘇詞中的「小蠻」當是他所寵的女人代稱。這「小蠻」長於女紅，蘇軾身上的衣衫，正是伊人針線所造。蘇軾曾穿着它遊西湖，適逢一場驟雨，把衣衫都打濕了。下雨打濕衣衫很平常，但雨濕衣衫之處在詩意的西湖，那感覺就不同了。而雨天遊湖時有無佳人陪同，就難以考查了。總之這次西湖雨濕衣衫之遊給詞人留下深刻印象，就把它寫進詞中了。

辛棄疾的這首《青玉案》更為馳名，最後幾句是：

眾裏尋他千百度，驀然回首，那人卻在，燈火闌珊處。

眾裏尋他，應是相識。千百度相尋可見情急。正在失望之際，驀然尋得，驚喜可知。但尋得之後又如何，就留給大家想像了。

黃公紹的《青玉案》寫於獨在亂山深處，心情寂寞：

春衫着破誰針線？點點行行淚痕滿。落日解鞍芳草岸，花無人戴，酒無人勸，醉也無人管。

可知以前是有人「管」的，如今卻沒有這樣的幸福了。

黃公紹 ｜ 宋元之際人，入元後不仕，隱居樵溪。

花滿頭

山花插滿頭，癲婆子的德性。一份浪漫，一份任意，非一般婦女敢於如此。

宋代才女歌妓嚴蕊與台州太守唐仲友詩酒唱和，惺惺相惜。唐仲友的永康學派跟朱熹的理學對抗。朱熹以風化罪上疏彈劾唐仲友，飭令通判黃巖嚴刑逼供嚴蕊指認唐仲友宿娼，嚴蕊寧死不屈，身陷獄中。後朱熹改任，岳飛後人岳霖任浙東提舉，巡視台州，知其含冤，將她釋放，問她未來作何打算？嚴蕊在堂上作《卜算子》一首：

不是愛風塵，似被前緣誤。

花落花開自有時，總賴東君主。

去也終須去，住也如何住。

若得山花插滿頭，莫問奴歸處。

「東君」既指司春之神，也指能主宰她命運的官員。至於她的去向尚未能確定，只求獲得自由，過嚮往的美好生活，也就不要問她具體的去向了。

這故事可在《二刻拍案驚奇》中讀到。

唐朝詩人劉禹錫有一首《陪崔大尚書及諸閣老宴杏園》，中有兩句：

唯有落花無俗態，不嫌憔悴滿頭來。

當時劉禹錫的心情是「百事無成老又催」，作為高官們的陪客，有「斯人獨憔悴」之感。但風過處，落花如雨，灑得他滿頭都是，增添了嫵媚。感謝落花的不嫌，也就高興起來。

劉禹錫 ｜ 字夢得，唐詩人。

詩人的問題

中國第一詩人屈原，就是問題冠軍。他的《天問》由 173 個問題組成，至今許多未有答案。

張若虛在《春江花月夜》中問：「江畔何人初見月？江月何年初照人？」蘇東坡在《水調歌頭》問：「明月幾時有？把酒問青天，不知天上宮闕今夕是何年？」都是無人能解答的問題。

當然也有自問而能自答的。朱熹的《觀書有感》：

半畝方塘一鑒開，天光雲影共徘徊，
問渠那得清如許，為有源頭活水來。

想我們的思想境界常保清新流動，定要不斷有新知識、新思想、新經歷去補充。有源頭活水，才能防止成為一潭死水，發霉腐臭。

李煜《虞美人》：問君能有幾多愁？恰似一江春水向東流。

憂愁不能量化，只能打個比喻。

近人孫儀有類似的做法，她在《月亮代表我的心》中自問自答：

你問我愛你有多深？我愛你有幾分？

你去想一想，你去看一看，

月亮代表我的心。

月亮代表了什麼？明亮？照拂？純潔？你自己想吧！

元好問《摸魚兒・雁丘詞》，他的問至今無人能答：

問世間，情為何物，直教人生死相許？

那麼多不朽的和平凡的愛情故事，在才子佳人間哀感頑豔，也在市井男女間驚心動魄。為什麼那麼甜？為什麼這麼痛？為什麼這麼看不開？為什麼這麼盲目？為什麼智者變傻？為什麼慧者不悟？

多少世紀難題，不斷有人解碼，剩下的遲早會找到答案，唯有元好問好問唔問，「情為何物？」將是亙古之謎。

屈原 ｜ 戰國時楚國詩人，代表作《離騷》。曾任職三閭大夫。因被放逐而感傷，投汨羅江而死。後世在端午吃粽子和龍舟競渡，都與紀念他有關。

元好問 ｜ 號遺山，金元之際文學家。

淚比長生殿裏多

杜甫的「朱門酒肉臭，路有凍死骨。」是貧富生活的對比，有控訴性。陳陶的「可憐無定河邊骨，猶是春閨夢裏人。」是死亡和愛的對比，反戰的名句。中國詩文中這樣的對比修辭不少，經典修辭讀本陳望道的《修辭學發凡》竟沒有列入此類，可說是掛萬漏一。

偶然翻書又看到兩則，少人提及，不妨介紹一下。

宋：范成大　《吟河市歌者》

豈是從容唱渭城，個中當有不平鳴。

可憐日晏忍飢面，強作春深求友聲。

作者經過河市，見有賣唱者正唱着王維的《渭城曲》。

渭城朝雨浥輕塵，客舍青青柳色新。

勸君更盡一杯酒，西出陽關無故人。

但見天色已晚，歌者面有飢色，嘴裏卻還強自以春天黃鶯般的歌聲來吸引聽眾。這三、四兩句正是以歌者飢餓的面容比對嘴裏所唱的內容。如果心中正充滿失戀的痛楚，嘴裏卻唱着愛情的歡樂，那比對就更強烈了。

另一則是清袁枚的《馬嵬》，馬嵬，楊貴妃葬身之地。

莫唱當年長恨歌，人間亦自有銀河。

石壕村裏夫妻別，淚比長生殿裏多。

杜甫的《石壕吏》寫老年夫婦一家，三個兒子已服兵役，或戰死或仍在前線；石壕的地方官仍捉人往軍旅勞役，老翁跳牆逃走，老嫗哭着跟差役前往軍營煮早餐。

白居易的《長恨歌》寫帝王愛情悲劇：「七月七日長生殿，夜半無人私語時。在天願作比翼鳥，在地願為連理枝。天長地久有時盡，此恨綿綿無絕期。」

袁枚詩的三、四兩句將民間血淚與帝王恨事相比對，「淚比長生殿裏多」！是十分有力的控訴。

范成大 ｜ 南宋詩人，以田園詩名。

袁枚 ｜ 字子才，號隨園主人。清詩人、文學家、美食家。《隨園詩話》讀者眾多。

此身雖在堪驚

宋詞人陳與義《臨江仙》詞：

憶昔午橋橋上飲，坐中多是豪英。長溝流月去無聲。杏花疏影裏，吹笛到天明。

二十餘年如一夢，此身雖在堪驚。閒登小閣看新晴。古今多少事，漁唱起三更。

詞人對二十多年前一次浪漫的聚會記得很清楚。記得長溝流水裏的月影，記得在杏花斑駁的樹影下，吹着笛子直到天亮。哎呀，算起來竟是二十多年前的事了！這班當年相聚的朋友，有的遠隔天涯，有的已不在人間。想起當年事，猶如一場夢境。雖然自己還託賴安好，但難道就不驚怕麼？

怕什麼？當然是生命的短促，易逝有如朝露。

杜甫《贈衞八處士》中有四句：

少壯能幾時，鬢髮各已蒼。訪舊半為鬼，驚呼熱中腸。

其中也有一個「驚」字。同樣是經過了二十年，大家再不年輕了。瞧，頭髮都白了。問及舊日的朋友，倒有一半入了鬼籍。這個不在，那個也走了！想不到呀！一聲聲的驚呼，心中難免酸楚。

作家沈從文，遭逢多重劫難後得以回故鄉一行，作家汪曾祺在他生日那天贈他兩句詩：「猶及回鄉聽楚聲，此身雖在總堪驚。」如今兩老都已不在了。

陳與義 | 宋代詩人。

朝如青絲暮成雪

古人欠缺染髮劑，頭髮白了便有很大感慨。那時平均年齡比較低，七十已是古來稀。頭髮白了表示老了，生命臨近終結，當然開心不起來。

李白把白髮和愁並舉：「白髮三千丈，緣愁似個長。」三千丈！極盡誇張之能事，無人質疑，有人跟風，辛棄疾「白髮空垂三千丈，一笑人間萬事。問何物能令公喜？」

開心不起來，曹操說：「何以解憂？唯有杜康。」韓琥說：「歲歲年年，白髮催人到酒邊。」李白說：「君不見高堂明鏡悲白髮，朝如青絲暮成雪。人生得意須盡歡，莫使金樽空對月。」歐陽修說：「白髮戴花君莫笑，六么催拍盞頻傳，人生何處似尊前？」(六么，樂曲名。尊同樽）蘇軾說：「故國神遊，多情應笑我，早生華髮。人生如夢，一尊還酹江月。」(華髮，花白的頭髮。酹，灑酒而祭。)

為保衞國家而白髮是值得的，岳飛：「莫等閒白了少年頭。」辛棄疾：「了卻君王天下事，贏得身前身後名，可憐白髮生。」

清豔雪：「美人自古如名將，不許人間見白頭。」對出色的人來説，白頭比死更可怕。

但朱翌不是這樣看：「故人大半黑髮死，老子何妨白髮生？」

「白髮齊眉」、「白頭到老」、「相偕白首」也是對夫婦的祝頌語。

輓歌

輓歌是古人送葬時所唱的歌，春秋戰國時代已有唱輓歌的習俗。漢代詩歌《蒿里》、《薤露》是有名的兩首（薤，粵音械，一種草本植物）。晉代陶潛曾作輓歌三首。

現代殯儀中，往往在儀式前後播出輓歌，營造一種氣氛。記得亡友黃志強為自已選了弘一大師填寫的《送別》，「天之涯，地之角，知交半零落。一瓢濁酒盡餘歡，今宵別夢寒。」其中「知交半零落」，最能觸動情懷。

麥翁冬青的追思儀式中家人選播了《念親恩》：「父母親愛心，柔善像碧月，懷念怎不悲莫禁……」表達了子女對親恩的感謝，十分適合。

基督徒的追思禮拜中播得最多的是《奇異恩典》，着重對上主的感恩和歸回天府安居的信念，音樂動聽，歌詞有撫慰作用，減輕了失去親友的憂傷。

為自己選一首輓歌，抒發離世情懷，是一個好主意。暫時我為自己選中了李宗盛的《山丘》：

「想說卻還沒說的 / 還很多 / 攢着是因為想寫成歌 / 讓人輕輕地唱着 / 淡淡地記着 / 就算終於忘了 / 也值了」這正是我寫作人的心情。

「也許我們從未成熟 / 還沒能曉得 / 就快要老了 / 儘管心裏活着的還是那個年青人」我不是快要老了，而是確實老了，但心裏活着的在某方面來說也還是個年青人。

一個男性以飽歷滄桑的詠歎調唱出此歌，真是再配合不過了。

薤露、蒿里

《薤露》、《蒿里》都是輓歌的名稱，送葬時唱。

漢高祖劉邦逼田橫降，田不屈，自刎而死。其門客五百人自盡殉主。之前作輓歌送葬：

薤上露，何易晞！露晞明朝更復落，人死一去何時歸！

蒿里誰家地？聚斂魂魄無賢愚。鬼伯一何相催促！人命不得少踟躕。

薤，像韭菜的植物。晞，解乾。蒿里，又名「下里」，死人聚居處。

西漢音樂家李延年，將這首輓歌一分為二，上半名《薤露》，送王公貴人；下半名《蒿里》，送士大夫庶人。

因《薤露》而衍生的詩句，譬如曹操的「譬如朝露，去日苦多。」曹植的「人生處一世，去若朝露晞。」

我把《蒿里》改寫成新詩如下：

蒿里，這是什麼地方？

那聰明的、愚笨的、卓越的、平庸的、富的、窮的、成功的、失敗的……

都齊集在這裏了。

鬼大哥可催得緊，

多歇一會兒也不行！

李延年 ｜ 西漢音樂家。